Des nouvelles de Mercier(s)

Quatrième trimestre 2020
9782377940417
Éditions Le Livre et la plume
19, rue Ballu, 75009 Paris
www.lelivre-et-laplume.com

Bernard CAZABAN-MAZEROLLES

Des nouvelles de Mercier(s)

Histoires courtes

Sommaire

À tous les Mercier(s) dont on est sans nouvelles…

Célèbre

En dépit de son originalité et malgré ses qualités indéniables, le manuscrit « ne correspondait pas à l'orientation actuelle des collections » ou « n'entrait pas dans la ligne éditoriale », formules polies destinées à lui signifier qu'il pouvait désormais l'utiliser pour ses qualités inflammables ou pour tout autre usage hygiénique auquel une feuille de papier pouvait convenir. La formulation polie de ces retours cruels dissimulait le véritable motif du refus, ses tirades ampoulées n'avaient pas suffi, pas plus que le dictionnaire des synonymes, sans même parler du sujet, d'un intérêt tout relatif. Ils n'avaient peut-être pas tort en fin de compte, à bien la relire, sa prose était banale. Il n'avait pas eu l'audace de convoquer la pluie dès l'entame de son récit, l'habileté de la tenir captive quinze pages de rang, provocation à haut risque, finalement payante[1]. Sa plume n'aurait jamais su créer ce besoin d'enfiler un ciré passées les premières lignes, de rabattre la capuche

1. *Les Champs d'honneur*, Jean Rouaud, Éditions de Minuit, 1990 (premier roman, Goncourt 1990).

l'instant suivant, pour enfin sauter dans une paire de bottes, regardant si quelques gouttes n'auraient pas fuité d'entre les feuillets imprudemment ouverts et détrempé la moquette du salon.

Il ne serait pas Goncourt ; il ne serait tout simplement pas publié.

En l'absence de disposition littéraire météo-convaincante, restait le hasard, une enveloppe ouverte par mégarde, un manuscrit égaré dans la pile des possibles, un thème qui soudain fait la une, la naïveté d'un jeune stagiaire, au final très peu de chances d'être feuilleté, aucune d'être poussé vers le comité de lecture. Passaient en priorité les auteurs maison, ceux qui tricotaient le même roman depuis toujours, changeant uniquement la couleur de la laine, et dont le seul nom suffisait à lancer l'impression de dizaines de tonnes d'une prose convenue, glauque et sexuellement déprimée, qui leur correspondait plutôt bien en fin de compte. Passaient ensuite les accouchements d'un entre soi germanopratin qui n'écrivait que pour lui-même, puis le récit de personnages médiatisés, ceux qui avaient tout à coup des choses importantes à dire, de celles qui ne pouvaient souffrir d'être tues plus longtemps. Pourvu qu'ils soient sportifs, rappeurs, héros de la blogosphère ou stars de téléréalité, tous avaient leur chance. Au besoin on leur prêtait un « nègre ». Les politiques quant à eux publiaient par nécessité, question de survie, surtout s'ils n'étaient plus aux affaires, tombés dans les oubliettes médiatiques. Ceux qui succombaient au syndrome de la page blanche pouvaient pareillement prétendre aux honneurs, pourvu que le titre *What Every Man Thinks About Apart From Sex* se suffise à lui-même[1].

Il ne lui restait plus qu'à devenir célèbre.

Jean Mercier était inconnu du grand public. Il n'avait d'ailleurs aucun public, sorti de quelques collègues croisés devant la machine à café, et n'avait *a priori* rien dans sa besace qu'il put invoquer pour échapper à l'anonymat dans lequel sa vie s'écoulait depuis bientôt cinquante ans, jusqu'à son patronyme, idéal pour passer inaperçu et choisi précisément pour cette qualité par son père, entre les Moreau, les Dubois et les Petit, quand il fallut changer d'identité et se fondre dans la masse des bons Français, ceux qui n'avaient rien à craindre des voyages en train. Mme Mercier, parce qu'il y avait eu une Mme Mercier, avait fui avant d'être aspirée par cette pompe à vide, incapable de lui donner un enfant, de la faire rire, de la sortir du néant de son quotidien, de l'ennui d'une journée parfaitement réglée, d'un intérieur où chaque objet avait parfaitement sa place, où rien n'était laissé au hasard, où même la poussière avait pris connaissance du règlement intérieur et se déposait en bon ordre. Le chat respectait la

1. *What Every Man Thinks About Apart From Sex* (*À quoi pense un homme quand il ne pense pas au sexe*), Sheridan Simove, The Talent Shed / Summersdale Publisher 2011, 200 pages blanches.

consigne, automate ronronnant à l'unisson de son maître, empruntant consciencieusement le même sentier, du radiateur aux croquettes, des croquettes à la litière, de la litière au radiateur. Seule exception à ce parcours immuable, les programmes télévisés, qu'il suivait au côté de Mercier, sur le coussin usé de la chaise qui lui était réservée.

Dans l'escalier de son immeuble vieillot, rue Championnet, il ne croisait jamais personne, à se demander s'il n'en était pas le seul occupant, mis à part la bignole, qu'il saluait mécaniquement chaque matin, quand elle traînait les poubelles dans la pénombre du couloir menant à la rue. Il aurait tout aussi bien pu disparaître sans que personne ne s'en aperçût, alors quant à devenir célèbre, l'idée même n'avait aucune chance de franchir la barrière de sa routine parfaitement huilée. Mais ça c'était avant, avant que la lecture de ces lettres impersonnelles ne vienne, l'une après l'autre, réveiller la dernière fibre d'amour-propre enkystée au plus profond de son inconscient, du temps où il se sentait encore concerné par son avenir.

Assis dans son fauteuil club en croûte de vieux buffle asiatique, bien droit, les avant-bras bien à plat sur les accoudoirs, comme s'il l'essayait pour la première fois sous l'œil bienveillant d'un vendeur de Maison du Monde, il laissa son regard franchir la fenêtre, sauter le terrasson de zinc qui lui faisait face et se perdre dans la contemplation habituelle du Sacré-Cœur, dont le dôme dépassait tout juste du faîtage. Comment devenir célèbre ? Il chassa de son esprit les exploits sportifs, il avait passé l'âge et de toute façon n'avait jamais brillé dans aucune discipline, un peu moyen partout, ni bon, ni mauvais, à l'image de sa prose. Cadet, il avait bien été vice-champion de l'Oise au lancer du javelot, mais ils n'avaient été que deux à lancer ce jour-là, sous une pluie battante, lui en baskets, concentré sur une prise d'élan à hauts risques, l'autre, une armoire à glace velue à la démarche de grand singe, solidement ancrée dans la boue grâce aux pointes de ses chaussures spécialisées. La messe était dite avant même le premier jet, marquant la fin de ses velléités d'athlète. Fossilisée dans une encoignure près de la fenêtre, sa vieille guitare lui renvoya l'image d'un ado imberbe s'essayant aux premières notes de *Jeux interdits*, identifiables mais très éloignées de ce que Narcisso Yepes[1] pouvait en tirer. Aucun don spécifique, une oreille aux abonnés absents, le découragement facile, trop tard en tout état de cause, le monde musical se passerait de lui, de même que le monde littéraire, insensible à l'épopée grise de sa vie médiocre, pourtant habilement dissimulée sous un nom d'emprunt.

Revenu de cette incursion nostalgique dans un passé peu glorieux, Jean Mercier se vit tirer ses dernières cartouches entre les murs gris de son

1. Guitariste espagnol rendu populaire grâce à son interprétation de la musique du film *Jeux interdits*.

deux-pièces sous combles, se dessécher lentement dans le confort de ses mules avachies, avant de se figer définitivement, sans bruit, sans trace aucune de son passage sur terre, au cours duquel il n'aurait décidément dérangé personne. Cette pensée lui fut insupportable, et l'accompagna du pied de son immeuble jusqu'au métro, et du métro jusqu'au boulot, dans son univers bien rodé de chef du service maintenance d'une grande enseigne parisienne. Il devait faire parler de lui, il devait devenir célèbre, enfin un but, quelque chose de grand en perspective. Entre deux appels téléphoniques, la lecture de trois courriels et le paraphe des formulaires émergeant de la bannette « à signer », la phrase tournait en boucle dans sa tête tel un refrain sans couplets, et par un échauffement progressif rallumait la flamme depuis longtemps éteinte au fond de ses yeux.

N'y tenant plus, il quitta le renfoncement d'un bureau où les murs se touchaient presque, descendit à l'étage de la librairie, contourna le rayon du développement personnel – le moment était mal choisi – et se planta devant le linéaire des romans. Classés par nom d'auteur, par genre, le dos de tous ces concentrés de succès ne donnait aucune réelle indication sur leur contenu. Il piocha un peu à l'aveuglette, quand le nom d'un auteur lui était vaguement familier, parcourut quelques lignes, ne vit pas la trace du génie et renonça à comprendre pourquoi eux et pas lui. Près des escalators, les livres du mois étalés sur les présentoirs venaient à la rescousse de ceux qui ne lisaient pas, qui devaient absolument offrir quelque chose (mais quoi ?) et avaient peu de temps à y consacrer. Les éditeurs ne prenaient aucun risque, de littérature il était peu question, le nom de l'auteur importait plus que tout, positionné bien en vue, coiffant le titre et la maison d'édition. Rehaussés d'un bandeau rouge dans la mesure du possible, ces bouquins qui ne seraient jamais lus finissaient enveloppés en paquets cadeaux, le geste l'emportait sur le contenu, pourvu que ce ne fût pas une tranche de colin. On retrouvait les mêmes dans les Relay, dans les gares et les aéroports, une invasion parfaitement orchestrée, produits d'une censure qui taisait son nom. De rares spécimens échappaient au rouleau compresseur de la notoriété : un fournisseur de coke des stars du Tout-Paris, tout juste sorti de prison, se répandait en confidences plus ou moins précises, balançait deux ou trois célébrités, créchant tous boulevard des allongés[1]. Balance, mais pas téméraire. Le côté potin sauce canaille l'emportait largement sur l'aspect littéraire, pour autant Mercier se voyait mal en concierge, encore moins en *dealer*. Dans un autre registre, Nabilla avait convaincu Robert Laffont et se déhanchait en bonne place sur les présentoirs. *Trop vite*[2], quasiment un aveu.

1. Argotique : cimetière.
2. Titre du livre de Nabilla Benattia, personnalité médiatique, qui, à 24 ans, se retourne sur ce qu'elle a vécu.

Même les morts pouvaient prétendre à publication, pourvu qu'un parent tombe opportunément sur les feuillets d'une prose ennuyeuse, égarés dans les affaires de l'auteure[1]. Mercier n'était pas encore mort, enfin pas totalement. Quant à son corps banal, il ne ferait fantasmer personne.

Comment gagner sa place à la sortie de l'escalator, la question le taraudait sur le chemin du retour, dans cette rame de la ligne 4 où les visages se fermaient au fur et à mesure que le métro progressait vers le nord. Pendant que son regard fuyait avec application celui des autres voyageurs, l'idée que la célébrité pouvait aussi tenir à de mauvaises raisons s'immisça dans son esprit. La pègre s'était montrée persuasive auprès de quelques éditeurs de renom, Albin Michel[2] et Flammarion[3] pour ne citer qu'eux, et même s'ils n'avaient pas publié personnellement, faute de temps souvent, Al Capone, Dillinger, Bonnot (de la bande à), Landru, Petiot, tous avaient fait parler d'eux, d'une manière ou d'une autre, suffisamment pour que leur célébrité perdure. Entrevoyant les conditions d'un troc déloyal quoique dans ses cordes, célébrité contre damnation éternelle, il ne put se faire à l'idée de découper en rondelles tout un immeuble en échange de mémoires sordides. L'affaire supposait

---

1. *Les Quatre Coins du cœur*, Françoise Sagan, Place des Éditeurs, 2019 ; il s'en est vendu entre 70 000 et 80 000 exemplaires.
2. *Les Égouts du paradis*, Albert Spaggiari, Albin Michel, 1978.
3. *L'Instinct de mort*, Jacques Mesrine, Pocket, 2009.

un minimum d'organisation (il en avait), de détermination (pas sûr), et de noirceur dans l'âme (pas sûr du tout).

S'extrayant péniblement de la rame bondée dans laquelle les otages de la RATP, comprimés à l'extrême, s'attachaient à gonfler leurs poumons à tour de rôle, il suivit le flot résigné, un escalier puis l'autre, jusqu'à l'air libre. Sur le boulevard la pluie se mit à tomber, une averse imprévue par la météo nationale, ce qui ne manqua pas de l'agacer comme à chaque fois, le seul métier à sa connaissance où l'erreur répétée n'était pas synonyme de licenciement. Il se plaqua au rideau de fer de la devanture la plus proche, profitant de l'abri imparfait mais précieux des avancées de façade de l'ancien cinéma. Dans les années 1970, L'Ornano 43 donnait deux westerns par séance ; il repensa à ce vieux classique, *L'homme qui tua Liberty Valance*. Si la victime était bien connue (et l'avait bien cherché) le nom du véritable héros resterait dans l'ombre. Dans le même ordre d'idée, qui gardait en mémoire le nom de l'assassin de Lincoln, de Jaurès, de Sadi Carnot, de Paul Doumer ? Il fallait donc en passer par la répétition, le coup d'éclat, le *one shot* n'assurait pas la notoriété. Perplexe, profitant d'une pause au milieu du déluge qui avait vidé les trottoirs, Mercier quitta son abri de fortune d'un pas rapide, serviette en cuir sur la tête en guise de parapluie, et s'engouffra dans l'entrée de son immeuble, contrarié. Il ferait ses courses demain.

Au moment où il refermait la porte palière, le téléphone sonna. Comme d'habitude, toujours au mauvais moment, de préférence quand une envie pressante le tenaillait ou quand il venait de couper le feu sous les pâtes. Il laissa sonner et passa dans la salle de bains, mit ses vêtements à sécher sur l'étendoir, disposa ses richelieus sous le radiateur et frotta vigoureusement les quelques cheveux qui masquaient avec peine une calvitie conquérante. En peignoir et chaussons siglés Sheraton, souvenir des difficultés de la Grèce[1] dont il avait su profiter, il alluma la télé et s'assit avec satisfaction devant l'écran plat qu'il venait de s'offrir, près d'un mois de salaire tout de même, un Sony 65 pouces OLED 4K UHD approuvé par Garfield, le chat, qui depuis lors suivait avec beaucoup d'attention les documentaires sur la reproduction animale. Disposé devant la fenêtre du salon transformé en Kinopanorama[2], aucun reflet parasite n'en ternissait l'image, aucune indiscrétion n'était à craindre des fenêtres voisines. Effet immersif garanti.

Pour l'heure, Mercier survolait la place de la Bastille, déversoir d'une énième manifestation contre la réforme des retraites, théâtre habituel d'escarmouches entre forces de l'ordre et casseurs. L'image

1. Crise de la dette impactant le tourisme, notamment en 2009 et 2010.
2. Système de projection russe, concurrent du cinérama américain, avec projection sur écran géant par le biais de trois projecteurs synchronisés. De 1959 à 2002, salle de cinéma avenue de la Motte-Piquet, référence pour les cinéphiles parisiens.

était étrangement sombre, comme si l'éclairage de la place avait été mis hors service. L'envoyé spécial pouvait dire tout et son contraire, nul n'était en mesure de le contredire. Il passa sur CNews. Le caméraman filmait une bouche de métro dont les grilles abaissées protégeaient cinq flics qui tentaient de parer les assauts de libertaires masqués, enhardis par la présence des télévisions et l'impact du direct. Le temps où les flics acculaient les Arabes dans les portes cochères était révolu, la rue prenait sa revanche, avec la bénédiction du pouvoir, qui instrumentalisait ces groupuscules et les regardait défoncer les vitrines, retourner les voitures et brûler tout ce qui pouvait l'être.

Mercier ne tarda pas à se trémousser sur son fauteuil, ce pseudo-laxisme des autorités ne laissait pas de l'exaspérer. C'était le but recherché par les gouvernements successifs, il en était bien conscient, mais ce jeu de dupes comme les déclarations guerrières des uns et des autres l'insupportait au plus haut point. Sur le plateau de *Punchline*, un élu de la majorité ne voyait aucun problème de circulation automobile à Paris ; pour preuve il n'avait mis que vingt minutes pour venir du Sénat, ce qui provoquait de vives réactions de la part des protagonistes, y compris Laurence Ferrari[1], obligée de recadrer tout son petit monde. À soixante-seize ans passés, le sénateur,

1. Journaliste de télévision française, productrice-animatrice de l'émission politique *Punchline*.

qui n'était pas concerné par la pénibilité au travail (quel travail ?), ne comprenait pas l'entêtement des gilets jaunes à réclamer un départ anticipé pour les professions particulièrement exposées. Parfaitement à l'aise face aux critiques, la bête était à son affaire, les faux pas de l'exécutif ricochaient sur l'épaisseur de son cuir. Mercier en avait par-dessus la tête (pour rester poli) de ces personnages indéboulonnables, toujours aux manettes quel que soit le portefeuille (ou pourvu qu'il en soit question), quasi immortels, liés à tant d'intérêts qu'ils ne pouvaient décemment jamais passer la main. L'homme d'État, dont on conservait pieusement la dernière photo dans une salle forte, rue de Richelieu[1], avait disparu du territoire national. Dans l'attente d'une hypothétique résurrection, des gestionnaires plus ou moins inspirés, les mains liées, se disputaient la barre du navire en perdition, quitte à sauter par-dessus bord le moment venu. On les reconnaissait facilement à la bouée qui ceinturait leur taille, portant déjà le nom de la vedette affrétée pour les secourir : SNS Areva, SNS Axa, SNS Véolia, la flottille de première classe[2] sortait par tous les temps ; ou presque.

1. Site historique de la Bibliothèque nationale de France, qui rassemble les salles de recherche (départements des Manuscrits, Estampes et photographie, Monnaies, etc.).
2. Insubmersibles et autoredressables, une trentaine de vedettes constituent la flotte de 1re classe de la SNSM (Société nationale de sauvetage en mer).

Sur les restes fumants de cette pensée profonde, le téléphone sonna de nouveau.

IDS, l'institut de sondage, le rappelait comme convenu pour fixer l'heure à laquelle son équipe pourrait venir installer la caméra, demain samedi. Finalement ils s'étaient décidés. Cette toute nouvelle entreprise, quasiment une *start-up*, avait rapidement détecté la faculté hors du commun qu'avait Mercier à représenter à lui seul un panel de sondés, quelle que soit la nature des questions posées, quel que soit le thème abordé. À ce titre, il était à la société française ce que Paul le Poulpe[1] fut au football mondial : si ce dernier avait été capable de prédictions décoiffantes, l'opinion de Mercier reflétait très précisément celle de la majorité des Français, sans marge d'erreur, performance inatteignable par la méthode des quotas.

Pendant la première année, IDS avait observé avec étonnement, puis avec grand intérêt, la parfaite correspondance entre les retours de Mercier et les données nationales, moulinées et recrachées en pourcentages. Puis l'idée était venue, au début comme un jeu, de laisser le cobaye déterminer les ratios par avance. Il ne s'était jamais trompé, et cette improbable capacité, digne de Mme Irma, avait aiguisé les appétits au sein de l'institut. Un an plus tard, un

1. Pieuvre en captivité dans un aquarium en Allemagne, mondialement connue pour sa capacité à désigner par avance le vainqueur de toutes les rencontres de la coupe du monde de football en 2010.

pas supplémentaire était franchi, décisif : l'équipe allait étudier ses réactions devant l'écran, tenter de comprendre ce qui motivait son passage d'une chaîne à l'autre, à partir de quel moment il se faisait une opinion et zappait, à quoi correspondaient ses hochements de tête ou ses dénégations, pour quelle raison il continuait de suivre le programme en cours.

L'installation de la caméra fut une formalité, bien dans l'axe de l'écran, elle enregistrait tous les faits et gestes de Mercier (et de Garfield), de dos bien entendu, le but étant d'associer ses réactions à l'image visionnée. La caméra se déclenchait au moment où il allumait la box et cessait d'épier Mercier quand il l'éteignait, en général passé minuit. Pas de son, juste l'image. Il y avait forcément un rapport, puisque Mercier n'écoutait pas la radio, n'avait pas de famille, pas d'amis, n'avait pas de compte Facebook, encore moins de compte Instagram ou Tweeter, aucun vecteur d'échange susceptible d'influencer sa vision du monde. Tout effet ayant une cause, ils allaient ouvrir le crâne de Mercier, qui passait ainsi du statut de Pythonisse[1] à celui de rat de laboratoire. En filigrane il était question de disséquer son comportement, d'en tirer des schémas lisibles, numérisables, pour au final développer un logiciel à même de faire le job. Sans lui et sans le lui dire, bien entendu.

1. Prêtresse du dieu Phébus-Apollon dans la mythologie gréco-romaine, également appelée Pythie ; par extension désigne une femme qui se dit douée du don de prophétie, une voyante.

Passé un temps d'adaptation au cours duquel ses agissements ne furent pas totalement sincères, Mercier oublia complètement l'intrus, comme il avait oublié sa guitare. En corollaire, l'institut proposa une diffusion en direct sur son site, puis sur les réseaux sociaux, avec la possibilité d'incruster une capsule sur tous les supports numériques, téléphone portable, tablette, ordinateur, téléviseur, etc. Cette petite fenêtre indiscrète fit rapidement son effet, accompagna les internautes du lever au coucher, en direct comme en différé, en boucle, en *replay*, le tout ponctué de tweets admiratifs, ironiques ou assassins. Plus qu'une banale téléréalité, l'interaction de ce poulpe à la tonsure de moine était scrutée à la loupe, analysée, disséquée, repassée au ralenti, avec arrêt sur image en cas de doute et constituait dorénavant le sujet principal des conversations privées. Les sociétés de jeux en ligne s'emparèrent du phénomène et proposèrent des paris sur tout ce que pourrait entreprendre Mercier, quelle chaîne serait la plus regardée, au bout de combien de temps il zapperait, combien de fois, à quelle heure, toutes les options étaient ouvertes.

La renommée d'IDS éclipsa celle de ses concurrents, au point que l'on retrouva placardée sur les panneaux Decaux, sur le flanc des bus, dans les aéroports et les gares, la vue du dos de Mercier se détachant en ombre chinoise devant son écran. Assis sur ses pattes arrière, les oreilles dressées, la silhouette de Garfield rendait l'image sympathique, chaleureuse, plus humaine encore. En lettres cursives rappelant les tableaux noirs d'un lointain passé, « IDS, votre regard sur le monde » enfonçait le clou. Il fit la une du *Point*, de *Télé 7 jours* (la consécration), de *Elle*, malgré le machisme de l'oracle, qui, à son corps défendant mais par sa nature même excluait la moitié de la population nationale. Son ombre s'étendit, franchit les frontières, s'afficha en première page du Sunday Times, traversa l'atlantique et fit la conquête de *Time Magazine* et de *Vanity Fair*. La question de la véritable identité de ce Français plus français que les Français se fit de plus en plus pressante. Dans le 18e arrondissement de Paris, en particulier du côté nord de la Butte, tout le monde s'interrogeait, épiait son voisin, l'arrière du crâne des individus de sexe masculin était scruté, tout couvre-chef éveillait les soupçons. Certains pensant être suivis se retournaient fréquemment, le regard inquisiteur, une véritable psychose morphologique s'était emparée du quartier.

Les ventes de tabasco grimpèrent en flèche de façon inexplicable. L'institut de sondage fit très vite le rapprochement avec la manie qu'avait Mercier d'agiter la petite bouteille rouge au-dessus de son plateau-télé. Les canettes de Pietra[1] connurent le même sort, et la pénurie s'installa rapidement dans les rayons des grandes surfaces, au point que la Corse

1. Brasserie installée en Corse, à l'origine de la première bière de châtaigne.

commença d'importer massivement des châtaignes du Portugal, d'Espagne, d'Italie et de Grèce. IDS, dont les finances avaient largement profité des facultés de son unique poulain, se dota d'un pôle communication obèse, recyclant des enquêteurs maintenant inutiles. Enfin célèbre, Mercier pensa que le moment était venu de négocier la parution de ses mémoires. C'était le moins que pouvait faire l'ancienne *start-up*, maintenant cotée en Bourse, et notamment à Wall Street depuis que Mercier avait accepté d'engloutir les produits siglés KFC et McDonald's, le tout arrosé de Coca-Cola ou de Budweiser. Garfield avait refusé les croquettes aux hormones, au grand soulagement de la population féline.

Les maisons d'édition, assurées du succès planétaire de toute biographie, même partielle, dépêchèrent leurs meilleurs ambassadeurs. Enfin, on y était. IDS ne voulant pas tuer la poule aux œufs d'or imposa qu'aucun cliché de Mercier ne fût pris, même de dos, même de loin, même dans le noir. La clause fut dûment contractualisée, ce qui n'empêcha pas le passage obligé par un sas dans lequel chacun des confesseurs était contraint d'enfiler le jogging maison, fourni gracieusement par le service presse d'IDS, qui craignait les caméras miniaturisées, dissimulées qui dans un sac à main, qui dans un faux bouton, une fausse montre, un faux stylo, un briquet factice, un porte-clefs bidon, un œil de verre pour les plus espiègles. Malgré ces contraintes habituellement réservées aux lanceurs d'alerte et autres stars paranoïaques, les émissaires se plièrent à l'exercice, prirent des notes (papier et crayon fournis) et passèrent le relais aux nègres maison.

À la sortie de l'escalator, Mercier avait pris d'assaut les présentoirs, sous des titres variés, à des formats divers, mais c'était bien *son* dos et *sa* nuque, devant *son* écran et *sa* fenêtre, et de l'autre côté de la cour *son* terrasson de zinc et *son* clocheton du Sacré-Cœur. Célèbre, mais inconnu, un phénomène de foire dématérialisé, dans l'impossibilité de dédicacer la moindre tranche de vie, quel qu'en soit l'éditeur. Accessoirement Garfield partageait cette notoriété, cinquante millions d'amis tout de même. Place du Tertre, les artistes s'en donnaient à cœur joie et découpaient, croquaient, peignaient, interprétant à la demande la silhouette du couple, maintenant aussi populaire que celle de la tour Eiffel. Les commentaires allaient bon train, Super Dupont était le qualificatif qui revenait le plus souvent, « *amazing* » arrivait juste derrière : le nouveau monde se shootait au super-héros.

Une fois de plus convaincu par IDS, Mercier accepta de prêter sa nuque et l'arrière de son crâne dégarni, le temps de modéliser le masque qui désormais se plaçait à l'arrière de la tête, façon Anonymous[1] mais en sens inverse, et pouvait donc être porté dans la

1. Masque devenu à la fois signe de reconnaissance et symbole de protestation, rendu célèbre au travers du film V pour vendetta, tiré de la BD éponyme.

rue sans attirer les foudres des autorités. L'accessoire devenu indispensable remplaça les cartes postales sur les présentoirs des boutiques à touristes. Mercier, plus qu'une marque déposée, une silhouette qui tenait lieu de logo, essaima sur les cinq continents. Ses faits et gestes étaient maintenant suivis dans les métros et les trains du monde entier, son influence planétaire commençait à interpeller, une sorte de GAFA[1] à lui tout seul. Quand il n'allait pas jusqu'au bout d'un film, celui-ci plongeait dans les oubliettes de la programmation. Dès les premiers signes de déconcentration (il regardait trop longuement son assiette, croisait les bras, caressait nerveusement le poil de Garfield), le producteur de l'émission concernée se mettait à transpirer. Mercier Terminator du PAF[2]. Quand il zappait l'intervention d'un politique en plein élan, le type dégringolait dans les sondages et disparaissait des écrans radars. Le concept désincarné, qui inondait à présent gares et aéroports, censurait tous ceux qui se devaient de publier, les écrivains, les vrais, ceux dont c'était le gagne-pain et la raison de vivre. Sa tête (mais quelle tête ?) fut mise à prix par la Société des gens de lettres, les *fatwas* fusèrent de toute part.

La Chine fut la première à restreindre cette diffusion envahissante, certaines manies occidentales

1. Acronyme désignant au début des années 2000 les géants du WEB : Google, Apple, Facebook, Amazon, puis Airbnb, Alibaba, LinkedIn, Microsoft, Netflix, Twitter, Uber, Yahoo, etc.
2. Paysage audiovisuel français.

de Mercier ne collant pas avec la ligne du Parti, comme d'autres, toutes personnelles, quand oubliant la caméra, il réglait avec frénésie la problématique d'une démangeaison soudaine au niveau de l'entrejambe. La tentative de censure fut suivie d'émeutes massives, la Chine dut s'incliner. Mercier fut alors approché pour contrebalancer la mainmise des produits made in USA ; il reçut le dernier Huawei de compétition, forfait illimité, 5G *inside* (et plus encore). Ce fut l'escalade. Son deux-pièces ne parvint plus à contenir tout ce que la planète tentait de le voir agiter sous le nez de la caméra, les livraisons se succédaient à flux tendu. Transformé en homme-sandwich, il devait à présent suivre un planning extrêmement précis, chaque produit n'apparaissait qu'une poignée de secondes, dans un ordre bien défini. Mercier ne suivait plus vraiment ce qui passait à l'écran, ses réflexes de zappeur vedette n'étaient plus au rendez-vous, sa gestuelle de moins en moins lisible. Il se prit à regretter sa routine, le temps où il pouvait se curer le nez sans recevoir immédiatement un coup de fil, le temps où il pouvait dégainer sa télécommande sans qu'IDS n'y trouve à redire, le temps où il pouvait manger et boire selon l'humeur du jour.

De retour chez lui, il décrocha la caméra de son support et la plaça au-dessus de la télé, braquée droit sur lui. Enfin dans la lumière, coucou c'est moi, Jean Mercier, M.E.R.C.I.E.R., bonjour tout le monde. Ce fut un adieu. Immédiat, cruel, définitif, le héros sans visage redevint M. Tout-le-monde, à un détail près cependant : il ne pouvait plus quitter son deux-pièces sans s'exposer à la vindicte populaire, ces millions de gens qui l'avaient adulé, idolâtré, qui s'étaient identifiés parfois, n'étaient pas près de lui pardonner son geste, comme si Jésus avait soudain divulgué le truc de la multiplication des pains.

Mercier avait perdu son anonymat, celui dont il se plaignait tant il y a peu encore. Il aurait donné cher pour recouvrer le plaisir de se fondre à nouveau dans la foule des gens ordinaires, des êtres dont on ne parlait pas et qui ne laissaient aucune trace. Comme avant…

Phantasmes

Ses mains virtuoses survolaient le clavier avec agilité, s'entremêlaient avec précision, se croisaient avec grâce, parfois suspendues sous l'effet d'une théâtralité jubilatoire, s'éloignaient fâchées, se lançaient dans une poursuite effrénée, animées d'une vie propre que rien ne semblait devoir arrêter. En lettres d'or sur fond de laque noire, la signature *ED STEINGRAEBER* surplombait l'inscription *BAYREUTH*, et même s'il distinguait à peine les têtes immobiles des premiers rangs, l'exubérance du décor baroque tout autour de lui ne laissait planer aucun doute, il jouait Liszt sur une scène mythique, devant un parterre de mélomanes conquis. Maîtrisant parfaitement son art, il n'aurait voulu quitter cet instant de plénitude pour rien au monde. La mélodie romantique ruisselait en cascades fiévreuses, et bien que soupçonnant en filigrane une dimension onirique, Alexandre Mercier balançait entre l'émerveillement de ce talent tout neuf et la crainte de le voir s'évanouir sans préavis. Les derniers accords de *Rêve d'amour* s'envolèrent en douceur, main droite suspendue, immobile, au-dessus du sol dièse que la pédale prolongeait quelques secondes encore. Le temps où les applaudissements monteraient de la salle était venu, mais la mélodie du troisième nocturne semblait reprendre, tournait en boucle tel un disque rayé, résonnait crescendo, les dorures, les caissons et les colonnes de l'Opéra des Margraves[1] s'effaçaient, le piano à queue faisait place à ce ridicule pavé de plastique noir qui vibrait sèchement sur la table de chevet et projetait inlassablement sa mélodie électronique.

Mercier ouvrit les yeux, fit taire le portable et contempla les murs de sa chambre, plongée dans la pénombre du petit jour qui filtrait au travers des tentures. Les salons du château de Guermantes[2] pouvaient s'enorgueillir d'un passé glorieux, et de ce point de vue assuraient le trait d'union avec Bayreuth, mais les boiseries dorées, les caissons peints et les lustres n'avaient pas prospéré jusque dans les chambres, nettement plus dépouillées. Il resta un moment à s'imprégner du silence, essaya de replonger, en vain, dans le rêve qui l'avait transporté, mais l'implacable machine à raisonner s'était remise en marche et l'avait ramené à la réalité de sa première journée de congrès. Il se leva, tira les

1. Opéra du XVIIIe siècle, à Bayreuth (Allemagne) ; inscrit au patrimoine mondial.

2. Château du XVIIe siècle, en Seine-et-Marne ; classé au titre des monuments historiques.

rideaux, ouvrit les fenêtres qui donnaient sur l'arrière du parc et le miroir d'eau, déserts à cette heure matinale. Le passage d'une calèche ne l'aurait pas surpris, tant l'atmosphère de ces lieux avait conservé la grandeur des siècles passés.

L'emprise considérable de la cheminée monumentale, qui mangeait pratiquement la moitié du mur côté lit, permettait de penser que la salle avait été autrement plus grande, jadis, avant d'être recoupée pour créer deux chambres, maintenant séparées par une cloison de placoplatre. Confirmant son analyse, le plancher se mit à tressauter sous ses pieds, au rythme des pas dans la pièce voisine. Comme dans une comédie de boulevard, il ouvrit la porte donnant sur le palier à l'instant précis où l'occupant de la chambre mitoyenne agissait de même, en réalité une occupante, à qui il adressa un sourire courtois. Alexandre Mercier avait hérité d'un physique avenant, la trentaine dynamique et célibataire, le type de brun au teint pâle qui ne laisse pas indifférent, des yeux d'un bleu électrique dont il savait faire bon usage quand les circonstances s'y prêtaient. Et ce matin, en descendant le petit escalier qui menait aux salons, il estima que le déhanchement d'Olga s'y prêtait tout à fait. Un tailleur ajusté sur des rondeurs prometteuses, un chemisier blanc tendu sur une poitrine libérée, accompagnant chaque nouveau pas d'un acquiescement légèrement retardé, de fines lunettes cerclées recentrant un regard slave, des cheveux de soie blonde redressés en chignon, la parfaite *executive woman*, ou la salope de compétition, difficile à dire en deux étages à peine.

Le carrelage en damier noir et blanc de la salle à manger les accueillit pour le petit déjeuner. Ils étaient les premiers et se placèrent naturellement côte à côte à l'une des longues tables, qui bénéficiait d'une vue superbe sur le parc. Le soleil entrait à flots par les baies immenses, mettant en valeur les boiseries, le compartimentage du plafond et le grand lustre central, dans un silence qui convenait en tout point au décor. Un soupçon plus grave que la moyenne, sans affectation, légèrement distante, la voix de miss monde incitait à l'échange, pour le seul plaisir de l'entendre à nouveau. Passées les banalités d'usage, très peu finalement, il lui fit part de son rêve étrange, du sentiment de joie intense qui l'avait habité le temps de ce nocturne cultissime, l'impression d'avoir été ce pianiste dans une vie antérieure, d'avoir éprouvé dans sa chair la douceur des touches d'ivoire, d'avoir ressenti la chaleur de la salle, la transparence de l'air et la pureté du son, pour en fin de compte atterrir brutalement au pied de sa table de nuit, impuissant à retenir un instant de plus cette sensation de bonheur absolu.

Un à un les participants investissaient la salle, rompant le charme et jetant au passage un coup d'œil craintif à ce couple qui détonnait autant par son physique avantageux que par la proximité dont il semblait faire preuve. Ceux qui se risquèrent à compléter leur table ne purent supporter longtemps le silence qui s'y était installé. La conversation roula sur les émissions qui passaient à la télé la veille, *Capitaine Marleau*[1] tenait la corde et faisait l'objet de commentaires enthousiastes, tandis que les deux gravures de mode, qui n'avaient plus émis le moindre son depuis l'invasion de ces messieurs très ordinaires, se jetaient par intermittence des regards effarés. Sur la réserve il y a dix minutes encore, ces êtres falots se découvraient une foule de points communs, le niveau sonore de leurs échanges télévisuels allait *crescendo*, encouragé par l'absence de réaction du côté de la mode. Les envahisseurs avaient pris le contrôle de la table, osaient des plaisanteries d'une finesse douteuse, se resservaient de tout ce que le buffet pouvait offrir, quitte à en laisser la moitié sur la nappe. À les regarder faire, ils avaient partagé le même goulag ou traversé le même désert. La vibration du portable d'Alexandre mit fin à ses souffrances ; le regard faussement préoccupé, il en profita pour tourner le dos à cette débauche de banalités franchouillardes et sortit faire les cent pas sur la terrasse, le téléphone vissé à l'oreille.

Un à un ou par petits groupes, chacun se dirigea vers le pavillon où se déroulait le symposium, un peu plus

1. Série télévisée très populaire dans les pays francophones, dans laquelle une capitaine de gendarmerie incarnée par Corinne Masiero adopte des manières volontairement caricaturales et grossières.

bas dans le parc, à l'écart du château. Alexandre et Olga prirent place à quelque distance l'un de l'autre, inutile d'alimenter des rumeurs infondées. Pour le moment tout du moins. Alexandre avait trente-six heures devant lui pour faire en sorte qu'elles ne le soient plus. Au menu de la journée, l'hypnose ericksonienne[1], les états modifiés de conscience, réussir l'induction hypnotique, l'hypnose de spectacle, les ruptures de *pattern* et toutes les applications thérapeutiques, l'amnésie, le bégaiement, l'analgésie, la toxicomanie, la sexualité, les cauchemars, l'activation de rêves ; la liste était longue. De temps à autre Olga jetait un regard vers Mercier, qui feignait de ne pas s'en rendre compte, mais appréciait à sa juste valeur cette marque d'intérêt extra-professionnel. La journée se déroula sans anicroche, un peu ennuyeuse parfois, tout dépendait de la qualité personnelle de l'intervenant, de sa capacité à capter son auditoire ou de sa propension à l'endormir, finalement assez banale en matière d'hypnose.

Après dîner, l'animation se concentra de nouveau dans la petite bâtisse, sa position à l'écart du château autorisant toutes sortes de déferlements sonores et d'approximations vocales, sans pour autant déranger les couche-tôt. L'éclairage type boîte de nuit dans lequel se tenait le karaoké faisait oublier la pauvreté de la déco, contrastant de façon saisissante

1. Forme d'hypnose caractérisée par une approche souple et non dirigiste, à l'origine de nombreux courants de psychothérapie moderne.

avec l'ornementation fastueuse du château ; seuls les inconditionnels y trouvaient leur compte, ce qui n'était pas le cas de Mercier. Au moment où il allait tourner les talons, il reconnut les premières notes jazzy de *Suzette*. S'il n'avait pas les facilités d'un Dany Brillant, son physique somme toute assez proche l'avait incité à travailler sa voix sur quelques chansons phares, de sorte que son interprétation était à présent bien rodée et plutôt réaliste. Il gagna l'estrade en trois enjambées, se saisit d'un micro et se plaça légèrement en retrait du quinqua dégarni qui s'attaquait à cette rengaine de la fin du siècle. Passés deux couplets poussifs, le *crooner* chauve lança un regard plein de reproches au vrai-faux Dany et posa son micro, dégoûté. Mercier entonna une dernière fois le refrain rigolard, repris en chœur par tous ceux que l'alcool rendait peu regardants quant à l'écriture :

J'ai perdu la tête
Depuis que j'ai vu Suzette
Je perds la raison
Chaque fois que j'vois Suzon...

Sans laisser le temps à quiconque de reprendre ses esprits, et pour qu'il n'y ait aucun doute sur la profondeur de ses sentiments, il programma « Quand je vois tes yeux », chansonnette latino-sirupeuse du même auteur, dont les paroles ne reflétaient qu'en partie la lubricité de ses pensées du moment, sexuellement transmissibles.

Quand je vois tes yeux, je suis amoureux
Quand j'entends ta voix, je suis fou de joie...

Tout en susurrant d'une voix langoureuse la clef de voûte de ce succès populaire, il suivait Olga des yeux, qui se déhanchait en rythme le long de l'estrade, verre à la main, sourire aux lèvres mais le regard lointain, ce qu'il traduisit mentalement par « sympathisante : oui, consentante : non ». Sa référence inconsciente à Bourvil (l'eau ferrugineuse : oui, l'alcool : non) le fit sourire. Il se dit qu'il avait peut-être une chance, que bien souvent oui voulait dire non (il l'avait suffisamment expérimenté), que parfois non voulait dire peut-être. Le charme fut rompu quand *Alexandrie* prit le relais, valeur sûre initiant une longue série de succès piochés dans le répertoire des années soixante-dix. Lassé par la répétition de ces tubes défraîchis et l'aspect suicidaire des interprétations braillardes, il sortit et prit la direction du château, non sans avoir lancé un dernier regard en direction de sa voisine de chambre. Remontant l'allée gravillonnée, il entendit des pas qui le suivaient à distance.

Mercier prit le parti de ne pas se retourner, de prolonger la délicieuse incertitude jusqu'au perron qui se profilait au bout de l'allée. Il en gravit les marches sans ralentir, comme s'il était seul (ou sourd), ne cherchant pas le reflet de son poursuivant dans les grandes baies vitrées, ne cherchant pas à maintenir la porte ouverte sous prétexte de savoir vivre.

Il emprunta le couloir menant au petit escalier intérieur, dont la facture d'époque incitait à ralentir le pas. Arrivé au deuxième étage, le frottement caractéristique d'une paire d'escarpins glissant imperceptiblement à l'entame de chaque marche mit fin au suspense. Il laissa la porte de sa chambre entrouverte, le rai de lumière qui filtrait sur le palier commun valait mieux qu'un long discours embarrassé, pensa-t-il. Olga poussa la porte, lui sourit et referma derrière elle avec douceur. S'approchant de Mercier, elle posa l'index sur son torse, la french-manucure perdue dans la broussaille pileuse, appuya fermement sans le quitter des yeux, l'incitant à reculer, un pas puis l'autre. Il fut vite contraint de s'asseoir sur le rebord du lit. Olga, toujours debout, toujours souriante, entama sur le ton de la plaisanterie une technique d'induction classique dont il avait été question dans la matinée :

« Vos paupières sont très fatiguées maintenant, tel-le-ment fatiguées... tel-le-ment fatiguées... Vous les sentez, n'est-ce pas, tellement lourdes... plus lourdes... plus lour-des, de plus en plus lourdes, fatiguées... De plus en plus lourdes, fatiguées... Elles clignent et les yeux se ferment... Fermez les yeux !... Fermez les yeux... Vous vous sentez tomber en arrière, vous tombez, vous tombez, vous tombez... »

Hautement consentant, Mercier obtempéra, appréciant à sa juste valeur cette façon originale d'entamer la phase préliminaire de leurs ébats nocturnes.

« Vous vous endormez tranquillement… Dormir… Sommeil profond, dormir… Sommeil… Voilà, de plus en plus… dormir… dormir… dormir… À chaque respiration un peu plus profondément, dormir… Voilà, c'est très très bien… Profondément dormir… Du sommeil de l'hypnose… À chaque respiration encore plus profondément dormir… Très très bien. Dormez profondément. Vous dormez. »

Mercier fut réveillé par la lumière du jour, son portable n'avait pas sonné. À côté de lui le lit n'était pas défait, aucune trace de sa partie de jambes en l'air. Aucun souvenir non plus. Un coup d'œil à sa montre, 9 heures, il était très en retard, la deuxième journée allait commencer, pas le temps de se doucher, pas le temps d'avaler un café, il attendrait la pause. Il déplia à la hâte une chemise qu'il laissa recouvrir son jean, sauta dans ses chaussures et parcourut à grandes enjambées, presque en courant, les trois cents mètres qui le séparaient du pavillon. La main sur la poignée de la porte, il marqua un temps d'arrêt, prit une profonde inspiration et pénétra dans la grande salle, encore légèrement essoufflé, preuve évidente de sa bonne volonté. Les affaires sérieuses avaient déjà commencé, toutes les têtes se tournèrent vers le retardataire. Courbant le dos, les genoux légèrement fléchis dans une attitude qui se voulait discrète, il gagna le fond de la salle. Olga était debout devant le grand écran mural, micro à la main. Il ne se souvenait pas l'avoir entendue évoquer une quelconque intervention de sa part. Elle reprit son exposé d'une voix professionnelle, sans un regard pour Mercier.

Le PowerPoint s'effaça au profit d'une séquence vidéo, par définition moins rébarbative. Le décor était vaguement familier, chacun finit pas reconnaître « la belle inutile », le morceau de bravoure du château, une galerie des glaces en miniature, sans les glaces mais royalement décorée. Visiblement il faisait nuit, les lustres crachaient toute la lumière dont ils étaient capables au-dessus du grand salon désert. Quelques notes de musique résonnaient dans le silence, rondes et douces, conférant une ambiance des plus insolites à la scène, dont personne ne voyait vraiment le rapport avec le sujet du jour. La caméra fit un zoom avant. Tout au fond de la pièce, on distinguait un piano, et, de dos, la silhouette du pianiste. La caméra progressa de nouveau. On devinait que la scène avait été filmée au portable, le cinéaste amateur se rapprochait à présent en marchant lentement. Un murmure monta de l'assistance quand il devint évident pour tout le monde que l'artiste était pratiquement à poil, un simple caleçon en guise de queue-de-pie. Reconnaissant les notes de Rêve d'Amour et son boxer en coton à fleurs, un grand vide envahit soudain Mercier. La caméra contournait à présent le piano de concert, tournoyait autour du pianiste façon Lelouch[1], filmant les mains virtuoses qui survolaient

1. Référence aux mouvements tournants de la caméra de Claude Lelouch.

le clavier du PETROF avec agilité, s'entremêlaient avec précision, se croisaient avec grâce, parfois suspendues sous l'effet d'une théâtralité jubilatoire, s'éloignaient fâchées, se lançaient dans une poursuite effrénée, animées d'une vie propre que rien ne semblait devoir arrêter. Nul ne pouvait plus ignorer que le type qui se prenait pour Liszt, tête haute, les yeux clos et pratiquement nu, était le même individu qui, rouge pivoine au fond de la salle, se tortillait sur son siège. Les uns après les autres, tous les regards se focalisèrent sur Alexandre.

Olga acheva sa démonstration juste avant que le siège d'Alexandre ne prît feu, et l'invita à la rejoindre devant l'écran, bras tendu dans sa direction, comme un dompteur présente ses tigres à la fin d'un numéro particulièrement réussi. Il fut partagé entre le meurtre improvisé dans l'urgence et le rôle de complice d'une nuit, personne n'ayant besoin de savoir par quel artifice cette salope d'Olga l'avait convaincu de participer à la séance d'hypnose, quels sous-entendus fantasmés avaient emporté sa décision. Attrapant au vol sa tenue de Dany Brillant, il choisit *in extremis* la solution de facilité, afficha son sourire de *crooner* et laissa Olga lui soulever le bras, tel un arbitre désignant le vainqueur du combat, sous les applaudissements de la salle séduite par cette démonstration inattendue.

Puis tout à coup il réalisa : il venait *vraiment* de jouer ce nocturne, exercice totalement inenvisageable pour un néophyte. Mercier pâlit légèrement, effaça le sourire de circonstance qu'il avait su afficher jusque-là, et tournant la tête vers Olga, soudain très sérieux, lui demanda tout bas : « mais comment tu as fait, c'est impossible, je ne sais pas jouer » ! Puis regardant fixement ses mains, prêt à toutes les compromissions : « Tu crois que tu pourrais le refaire ? »

Pédagogie

Le mois d'août avait été particulièrement chaud, et bien que sur un mode mineur, cette rentrée de septembre débutait sous les mêmes auspices. Les élèves s'appliquaient à prolonger leurs vacances au travers d'accessoires virilisants, dignes de leur nouveau statut de collégien, notamment de lunettes aux verres à effet miroir qui faisaient fureur depuis que leur idole les avait adoptées, un rappeur local qui tentait de singer Maître Gims[1]. Près de la moitié des élèves de sixième arboraient encore ce signe de ralliement ultime en investissant la salle de classe, et ces clones sans regard attendaient maintenant dans la pénombre le premier faux pas de Kevin Mercier. Endossant son tout nouvel habit de prof stagiaire, il fit ouvrir en grand les fenêtres dans l'espoir qu'un peu de fraîcheur matinale, toute relative, évacuerait l'air chaud dont il ressentait particulièrement les effets depuis quelques minutes. Cette consigne de bon sens, pas tout à fait un ordre tant la demande

1. Célèbre rappeur congolais, victoire de la musique en 2016, maintes fois nominé, maintes fois récompensé.

paraissait naturelle, amorça le rapport de force implicite qu'il souhaitait entretenir tout au long de l'année. Ces petites têtes aux cheveux crépus, pour celles qui n'étaient pas coiffées d'une casquette hip-hop au logo provocateur, devaient intégrer que le chef c'était lui, et non la bande de pseudo-rappeurs aux lunettes finalement bien trop grandes pour eux.

Jetant un regard circulaire sur les petites têtes noires à l'affût derrière leurs lunettes aux reflets argentés, il se demanda l'espace d'un instant si la chaleur n'avait pas eu raison de ses facultés mentales, s'il n'avait pas franchi les barrières du réel pour atterrir dans un monde parallèle, un univers en négatif où les visages seraient blancs derrière des lunettes noires. Chassant de son esprit cette audace photographique, il enchaîna par l'appel des élèves, l'habituelle manipulation théâtrale qui, contraignant chacun à se lever tour à tour, désolidarisait l'espace d'un instant les membres de la meute attentive au moindre signe de faiblesse.

Quand vint le tour de la première mouche aux Ray-Ban mercurisées, Mercier insista pour que l'accessoire disparaisse dans une poche de chemisette, ou quelque part dans le cartable, assurant que le soleil n'entrerait pas dans la pièce. Après un moment d'hésitation pendant lequel toute la classe retint son souffle, Aboubacar porta lentement la main à hauteur de ses lunettes, et comme il l'avait vu faire dans une série B qu'il se repassait en boucle, posa un index tendu entre les deux verres, les fit doucement glisser vers le bout de son nez, toisa Mercier l'espace d'un instant, sans vraiment le voir, replia les fines branches métalliques avec précaution et posa l'attribut fétiche dans la rainure au bord de son pupitre, de façon à pouvoir contempler à tout moment le double reflet de son visage.

Toute l'année scolaire s'était jouée à cet instant précis.

Chacun des rappeurs en herbe s'exécuta de plus ou moins bonne grâce mais l'essentiel était fait, le prof avait pris l'avantage et tenait les rênes de son attelage. Il savait également par qui faire passer de futurs messages ; sans même qu'il puisse s'en douter, Aboubacar venait d'entamer une brillante carrière de facteur. Il fut entendu que les chewing-gums et les cigarettes étaient *persona non grata* pendant les cours, de même que les casquettes et les portables. Une bordée de commentaires déplacés troubla la litanie du défilé alphabétique quand vint le tour de Djamila, la seule petite arabe de la classe, mais tout rentra dans l'ordre dès que Mercier éleva la voix.

Fils aîné d'un père chirurgien et d'une mère pédiatre, tous deux en fin de course dans un hôpital du sud de la France, son physique de rugbyman comme sa voix de stentor en imposaient. Ces dispositions naturelles le mettaient à l'abri de tout débordement au sein de ses classes de mathématiques, qui de toute façon prêtaient peu le flanc à la rigolade.

Surprotégé par son ascendance qui, votant systématiquement à gauche, s'autopersuadait de son humanité tant que cette posture ne portait pas atteinte à ses finances, il s'était pris la vraie vie en pleine gueule à la sortie du bac. Un premier trimestre catastrophe en prépa avait suffi, il n'était pas armé pour affronter l'ambiance délétère des concours. Il ne serait pas médecin, ne serait pas convié aux tables de la bourgeoisie de province, ne serait pas encarté au Rotary. La notion de concurrence lui étant insupportable, il avait tourné le dos aux aspirations parentales et trouvé refuge dans l'enseignement, la prolongation confortable de sa vie d'élève en quelque sorte. Par là même, il restait à l'écart des concepts de rentabilité qui lui étaient parfaitement étrangers, au même titre que toute démarche commerciale, qui de son point de vue frisait la prostitution. Le faible nombre d'heures réellement travaillées dans l'année scolaire avait fini de le convaincre.

Tout juste nommé, très loin de ses repères habituels et bien entendu aux antipodes des souhaits formulés, il avait découvert la salle des profs, espace qui reproduisait une sorte d'apartheid, pour n'être accessible dans les faits qu'aux seuls blancs de l'établissement, pour la plupart aussi jeunes que lui. Ses collègues vitupéraient contre la chaleur, le laxisme ambiant, les travaux de rénovation des chiottes, dans la cour, qui ne seraient pas achevés pour la rentrée. Toujours la proie des mouches, l'odeur pestilentielle qui entourait le bloc sanitaire à la plomberie défectueuse refrénait toute envie, aussi pressante soit-elle. Les murs des salles de classe ne seraient pas rafraîchis cette année encore, contrairement aux promesses. Mercier apprit à l'occasion que le manque de crédits avait limité la dotation en ordinateurs à l'unique salle informatique, la seule à être climatisée, convoitée par tous les élèves de l'école. Pour tout ce qui était nombres et calculs ça ne posait pas de problème insurmontable, cahiers et stylos feraient l'affaire, comme au bon vieux temps, mais pour la partie organisation et représentation des données, diagrammes et graphiques, ça demandait une préparation qu'il n'avait pas anticipée. Qu'importe, c'était là sa première expérience, il allait se retrousser les manches, s'accrocher, faire preuve d'initiative, rameuter le système D.

La sonnerie marqua la fin des cours ; sa première journée s'était déroulée sans encombre, il n'avait pas vu le temps filer. Mercier récupéra les petits exercices qu'il avait donnés en guise de hors-d'œuvre et les glissa dans son sac à dos. Circulant dans les rangs, il avait rapidement constaté que le niveau général n'était pas brillant, on pouvait même se demander par quel miracle certains avaient été autorisés à passer en classe supérieure. La correction n'allait pas empiéter sur son temps libre, c'était le côté positif, mais le programme était chargé, la partie était loin d'être gagnée, il allait devoir affûter son attirail pédagogique. Absorbé par ses pensées, il quitta l'établissement sans prêter attention à la foule bigarrée qui attendait massée devant le portail, tourna sur sa gauche et marcha trois cents mètres jusqu'à l'arrêt du bus. Il n'eut pas à attendre. Dans la minute qui suivit, le 249, direction porte des Lilas, s'arrêta à sa hauteur.

À la fin du premier trimestre, Mercier était parvenu à des résultats au-delà de toute espérance. Il avait su adapter son discours, mobiliser ses troupes, leur montrer l'intérêt pratique des notions qu'il leur enseignait. Si l'esprit du programme avait été respecté, la lettre avait été profondément modifiée, l'énoncé des exercices revus et corrigés de façon à susciter l'intérêt général. Ainsi les exercices purement théoriques estampillés éducation nationale devenaient beaucoup plus accessibles :

« Un go-fast[1] traverse la frontière franco-espagnole vers 22 heures avec 1 tonne de résine de cannabis à bord. Vers 4 heures, l'Audi Q8[2] effectue un premier arrêt à Rungis et se sépare de 10 % de sa marchandise. Une demi-heure plus tard la voiture fait un stop à Montreuil et se sépare à nouveau de 10 % de son chargement : combien de paquets de 10 kilos lui reste-t-il à Aubervilliers ?[3] »

---

1. Technique utilisée par les trafiquants pour importer les produits stupéfiants ; désigne par extension le véhicule utilisé.
2. SUV (Sport Utility Vehicle) puissant et rapide.
3. Pour les nostalgiques des pourcentages, le corrigé : 81 paquets…

Au passage les questions sur le trajet emprunté, les villes et les départements traversés, le relief qui ralentissait la progression (les 250 kilomètres à l'heure ne pouvaient être maintenus tout au long de la traversée du Massif central), inculquaient subtilement quelques notions de géographie. Il fut également question d'éducation civique lorsque Djibril objecta que le Q8 se trouvait en infraction avec une telle cargaison, puisque la charge utile ne devait légalement pas dépasser les 650 kilos, conducteur inclus. Prends-toi ça Kevin… La remarque, qui était uniquement destinée à masquer l'incapacité du cancre de service à résoudre le problème, amena Mercier à convoquer les parents de ce lecteur convaincu du Journal de l'Automobile, plus intéressé par les performances des voitures de luxe que par les pourcentages et les fractions. Avec un peu de recul on ne pouvait pas vraiment lui en vouloir. Le couple, qui n'était pas en mesure d'aider sa progéniture dans cette matière, ni dans aucune autre d'ailleurs, jura la main sur le cœur que le grand frère ferait tout son possible pour que Djibril rattrape le niveau général. Mercier en prit bonne note, sans trop se faire d'illusion sur les compétences de la fratrie en matière d'arithmétique, remercia les parents pour leur implication et donna rendez-vous à la fin du trimestre.

La première visite du conseiller pédagogique avait été soigneusement préparée, et sur la base des excellents résultats obtenus jusqu'ici, Mercier espérait qu'un rapport favorable viendrait valider sa méthode et rendre toute sa fierté à cette population trop souvent délaissée. Dos à la classe, Mercier écrivit au tableau le texte de l'exercice du jour :

« Un revendeur coupe 100 grammes de cocaïne extrapure avec du paracétamol. Sachant qu'une boîte standard contient 8 cachets pesant chacun 2,5 grammes, combien faudra-t-il acheter de boîtes pour obtenir un produit pur à 10 % (10 fois la culbute, un minimum pour capter l'attention des plus blasés) ?[1] »

Le cours précédent ayant été consacré à résoudre un problème similaire, où l'héroïne était coupée au Xanax, Mercier s'attendait à ce que l'exercice du jour soit une pure formalité. Quand il eut déposé son marqueur dans l'auget central, il se retourna lentement, serein, masquant avec difficulté un grand sourire intérieur. Au dernier rang, Djibril avait sorti deux sachets de son cartable et procédait au dosage à même son pupitre. Le conseiller, jusque-là adossé au mur du fond, se redressa d'un coup de reins, s'approcha en silence, passa rapidement le doigt au travers du mélange et se frotta les gencives d'un geste expert. Fixant Mercier avec incrédulité, le représentant de l'éducation nationale réagit promptement et transforma en l'espace d'une seconde le

1. Pour les revendeurs en herbe, le corrigé : 45 boîtes (quand même…), le tour des pharmacies est de rigueur…

Bic Cristal de Djibril en paille improvisée, pour s'investir pleinement dans la découverte de cette nouvelle approche des pourcentages. Tous les doigts ou presque s'étaient levés, chaque élève trépignait pour donner sa réponse, tandis que le chimiste du moment, tête baissée, poursuivait son évaluation qualitative de l'introduction des travaux pratiques en classe de mathématiques.

Quand la sonnerie retentit, le conseiller effaça d'un revers de manche les restes de poudre qui blanchissaient ses narines, ouvrit la porte avec empressement et fit sortir les élèves, gratifiant au passage son fournisseur d'une petite tape affectueuse derrière la tête. Prenant Mercier à part, il l'assura de sa totale adhésion, à titre purement personnel, tout en lui signifiant qu'aux yeux de l'Académie la fin ne justifiait pas *tous* les moyens. Une deuxième visite s'imposait, une deuxième chance avant de boucler son rapport définitif. Il ne savait pas quand, mais il reviendrait.

Mercier rattrapa Djibril. Il pouvait remercier son frère pour l'aide précieuse qu'il lui avait apportée, comme promis, mais sa vision personnelle des devoirs sur table trouvait là ses limites. Touché par la détresse apparente de son jeune élève, Mercier proposa une heure de cours particulier, deux fois par semaine, au moins dans un premier temps. Il serait peut-être nécessaire de poursuivre pendant les vacances, mais ça on en reparlerait le moment venu. Non, pas besoin de faire appel au grand frère, merci, il en avait déjà fait beaucoup, pour ne pas dire trop. Afin d'éviter que la classe ne se transforme en rampe de lancement de la came dans l'établissement, du lait en poudre et du café feraient largement l'affaire. La couleur du mélange rendait compte du degré de pureté obtenu, c'était là tout l'intérêt, sans parler de l'aspect légal, des contraintes financières, et des risques d'accoutumance.

Revenu des recettes de cuisine aux dosages fastidieux, le passage de la manipulation à la mentalisation fut réglé par le biais d'un simple boulier. Tout au début, Mercier avait du mal à s'en souvenir à présent, les doigts de Djibril hésitèrent à déplacer les boules colorées, s'attardant sur l'une, puis l'autre, les déplaçant pour finalement les ramener à leur emplacement initial, le regard interrogateur. Passée la première semaine, l'aspect ludique du procédé avait infusé, l'ancien cancre était accro, les mêmes boules glissaient avec autorité d'une rangée à l'autre. Le mois suivant, Djibril reproduisait ces mêmes gestes au-dessus d'un boulier fictif, pour des résultats tout aussi rapides et tout aussi justes. Puis il n'eut plus besoin d'agiter ses doigts dans le vide, le calcul s'opérait entièrement de tête, presque tout seul, et à ce petit jeu il battait tous ses camarades, encore esclaves du couple papier/stylo.

Quand le conseiller refit surface, à l'improviste, il attendit vainement que Mercier inscrivît au tableau l'un de ces exercices dont il avait le secret. Avant la fin de l'heure, il avait compris que les exploits de Djibril, passé depuis au premier rang, avaient signé l'arrêt de mort des démonstrations poudrées. Faisant contre mauvaise fortune bon cœur, il appuya la demande de Mercier : à la rentrée, à défaut d'ordinateur, toute la classe serait dotée de bouliers…

Terminus

Mme Popescu s'efforce de refermer la porte palière sans faire de bruit. C'est comme ça tous les matins, quelques minutes grattées sur l'horaire, et comme tous les matins, elle ne peut bâillonner ce léger grincement des paumelles qui trahit son arrivée dans l'appartement. Elle est carrément en retard aujourd'hui, j'entends les voitures qui démarrent les unes après les autres, en bas dans la rue. Il ne doit pas être loin de 8 heures. La voilà qui pose ses clefs sur la commode de l'entrée, tire doucement les rideaux dans le salon, ouvre une à une les fenêtres, replie les persiennes dans leur embrasure. Des bruits de vaisselle à la cuisine, mon dîner d'hier soir. Pas trop compliqué, assiette, couteau et fourchette, un verre et c'est tout, merci le micro-ondes. On entend tout dans ce vieil immeuble bastiais, le moindre bruit contourne les cloisons de briques creuses, de simples paravents, surfe sur les carreaux-ciment, se glisse sous les portes fortement détalonnées et transperce les planchers symboliques qui séparent chacun des étages. Tu sais tout de la vie des autres[1], une compagnie dont tu te passerais volontiers, tu participes aux allées et venues de la voisine quand elle met ses talons de caboulot[2], tu ne perds pas une miette des conversations de son crétin de mari quand il se met à gueuler au téléphone. Quant à la télé, mieux vaut déplacer ton lit si tu ne veux pas suivre les mêmes programmes, participer à leurs jeux débiles, suivre leur feuilleton à rallonge, le même qui les tient en haleine depuis quinze ans.

Le silence est revenu dans l'appartement. La femme de ménage toque doucement à la porte de ma chambre. Pas de réponse, elle n'insiste pas et retourne passer le plumeau sur les abat-jour. Silence garanti. Passé un moment elle revient à la charge, abaisse avec précaution la béquille de porcelaine et entrouvre la porte. La pièce est plongée dans la pénombre, le ventilateur ronronne et oscille lentement, distribuant sur toute la longueur du lit un air chaud que restituent les murs gorgés du soleil de juillet. Le bruissement feutré des pales contribue autant à la sensation de fraîcheur que le courant d'air proprement dit, mais cette grosse fleur qui ne pousse dans ma chambre qu'en été est devenue psychologiquement indispensable, à défaut d'être efficace. Même à poil, bras et jambes écartées, le drap repoussé de côté, j'ai toujours du mal à encaisser les trente degrés qui règnent

1. Référence au film *La Vie des autres*, dans lequel un capitaine de la Stasi espionne nuit et jour les personnes d'un immeuble.
2. Bistrot malfamé.

encore dans l'appartement au petit matin. Un four, isolation de merde.

La Popescu hésite, va pour refermer, puis se ravise, fait un pas dans la chambre, puis un deuxième, se penche en avant, contourne le ventilateur et s'approche de mon lit. Faut surtout pas se gêner, qu'est-ce qui lui prend de mater comme ça ? Rien qui vaille le coup d'œil pourtant, pas de quoi s'attarder sur mon anatomie. C'est la première fois qu'elle me voit dans cette tenue, débarrassé de mes lunettes de hibou, qui grossissent l'œil comme des loupes et flanquent les chocottes à tout le monde, de mes prothèses auditives, ces morceaux de plastique rose qui te cataloguent vieux débris le temps de les poser sur l'oreille, et d'une partie de mes dents qui jouent relâche dans un verre sur la table de nuit. La voilà qui monte les deux mains devant sa bouche, cherche désespérément de l'air avant de faire brusquement demi-tour, manquant de renverser le ventilo, puis de quitter la pièce à toute allure, de ramasser les clefs au passage et de claquer la porte en sortant. Le brasseur d'air arrose maintenant l'armoire en face du lit et le bout de mes pieds. Génial ! Pas moyen de me lever pour le remettre dans sa position initiale.

Aujourd'hui je suis mort. Ou peut-être hier, je ne sais pas[1]. C'était la nuit, désolé, je n'ai pas fait attention à l'heure. 99 ans, 11 mois et 26 jours au

1. En référence aux premières phrases du roman d'Albert Camus *L'Étranger*.

compteur. À une semaine près, j'intégrais le club très fermé des centenaires corses, deux ou trois douzaines de membres tout au plus. Raté. J'ai frôlé l'indigestion de plomb pendant toute ma vie et je finis chez moi, comme une merde, les circuits grillés par un petit coup de chaleur, c'est franchement pitoyable. Je m'appelle Ange, Ange Mercier, et, si je comprends bien, je ne vais pas tarder à devoir justifier du bien-fondé de mon prénom. L'affaire n'est pas gagnée, j'ai mené ma barque sans trop m'occuper des autres. Une chance pour eux d'ailleurs, vu mes activités annexes, à l'origine d'une réputation sulfureuse, d'un entourage clairsemé et du désamour d'une progéniture craintive, qui a pris ses distances dans le sud de l'île, le plus loin possible de mon petit commerce. « Nettoyage à sec, spécialiste des peaux, service rapide (pour ne pas dire expéditif) » comme indiqué en toutes lettres en travers de la vitrine. J'ai effacé à contrecœur « de père en fils », les fistons n'ayant pas le sens de la famille.

La clef tourne dans la serrure, la mère Popescu est de retour. Le portable à l'oreille, elle donne l'adresse aux flics, tout en fouillant sans complexe dans mes tiroirs, qu'elle ouvre les uns après les autres, de façon systématique, les refermant avec soin après chaque prélèvement opéré. La salope ! En vrai pro, elle laisse un petit billet dans mon portefeuille, ponctionne le reste, substitue à la Rolex en or que je porte au poignet (tout ce qui reste de mon père) un chrono bon marché, « cadeau » de mon petit-fils pour mes quatre-vingt-dix balais, dont la pile est aussi morte que moi. Dans le tiroir secret en bas de l'armoire, elle fait main basse sur le petit Walter PPK[1] qui m'avait été offert pour mes vingt et un printemps, souvenir que je gardais comme argumentaire en cas de problème à la maison, on ne sait jamais, un jeune mal informé en quête de proie facile. Au moment où le joujou disparaît dans son sac à main, reconverti pour l'heure en filet à provisions, on sonne à la porte. Mon ex-boniche change de regard, passe en mode « chose-dévouée-noyée-de-chagrin », et se dirige à contre-cœur vers l'entrée, tout en criant « voilà-voilà ». C'est le toubib. Pour constater, il constate, un coup d'œil lui suffit pour signer son papelard, un expert manifestement. Je ne peux pas lui en vouloir, quand je regarde Toutankhamon dans son bocal vitré, je ne m'attends pas non plus à ce qu'il me donne l'heure…

Nouveau coup de sonnette : c'est Naïma, la copine de ma Roumaine qui vient lui tenir compagnie en attendant l'arrivée de la famille. Et des proches. Pas de quoi s'inquiéter, ça ne va pas se bousculer au portillon, sauf peut-être Anto et Doumé, qui ne devraient pas tarder à venir manifester leur affection notariale. À peine un regard pour s'assurer que je suis toujours aussi raide, elles ouvrent la fenêtre, lèvent le volet roulant histoire de faire circuler un peu

1. Pistolet compact immortalisé par James Bond.

d'air, poussent le ventilo dans ses derniers retranchements et prennent place au pied du lit, me tournant le dos. C'est pas que ça dérange, mais elles auraient pu faire l'effort d'aller chercher des chaises, les deux feignasses !

– Tiens c'soir j'ai envie de faire des baklavas[1] ; toi, tu mets d'la fleur d'oranger ou d'la fleur de rose ?

– C'que j'ai sous la main ; chez moi ils s'en foutent, j'te jure !

– Et avec les noix, t'ajoutes queq'chose, des pistaches, des amandes ?

– Pareil, ils s'en foutent ; c'est comme la mousse, beurre ou pas beure, jaune ou pas jaune, *maalesh*[2], tant qu'ça r'semble à d'la mousse et qu'tas pas oublié l'chocolat !

Et voilà, un peu plus elles me donneraient faim, ces deux connes ! Je ne m'attendais pas à un torrent de larmes, mais tout de même, aucun respect pour les anciens, les traditions se perdent, ça va mal finir ! De mon temps, j'aurais été veillé la nuit entière par une cohorte de voisines endeuillées, chapelet à la main, échangeant entre deux signes de croix de courtes phrases pleines de compassion, énumérant la longue liste des qualités que j'aurais pu avoir, passant sous silence, par respect pour la famille,

1. Petit gâteau traditionnel commun aux peuples des Balkans (dont une petite partie de la Roumanie), du Moyen-Orient et du Maghreb.
2. Expression arabe : ce n'est pas grave, ça n'a pas d'importance, cela ne fait rien, tant pis.

la cruauté dont j'avais fait preuve avec constance et application, les prérequis basiques dans le genre d'activité qui m'avait valu le sobriquet de Terminus. Au début j'avais trouvé ça drôle, Terminus, mais un abruti m'avait fait remarquer que dans terminus, il y a minus, et que « ça m'allait bien, rapport à ma taille » ; personne ne l'avait plus jamais croisé en ville.

Les deux pipelettes poussent un cri d'effroi, comme si je venais de leur taper sur l'épaule ou de lâcher un pet retentissant. Dommage, j'adore les blagues un peu trash. L'un des martinets qui nichent dans le coffre du volet roulant vient de rentrer dans la chambre comme une fusée. C'est vrai que je n'ouvre jamais la fenêtre l'après-midi, ce grand vide a dû l'inquiéter, il aura voulu voir ce que ça cachait, vérifier que sa progéniture n'était pas en danger. Enfin, je ne vois pas d'autre explication. Problème, il ne trouve plus la sortie, vole dans tout l'appartement, se cogne aux vitres, affolé. C'est la panique. La Naïma attrape un balai et court derrière le piaf, les bras en l'air, comme à la chasse aux papillons, pour tenter de le rabattre vers la chambre. Mme Popescu fonce d'une pièce à l'autre, ouvre les fenêtres une à une, tout en rentrant la tête dans les épaules, de peur que ces 40 grammes de plume ne passent à l'attaque et ne s'en prennent à ses cheveux, comme le ferait une chauve-souris (ce qu'elles ne font pas, mais quand on vient du pays des vampires ça peut se comprendre). Efficace, la bestiole échappe à la furia marocaine. Naïma descend le volet de la chambre comme si sa vie en dépendait et plonge la pièce dans le noir. Au-dehors, la ronde stridente des martinets a repris.

À nouveau la sonnette. Les pompes funèbres, des rapides, qui viennent déposer la bière, deux cierges gros comme des baobabs et le spécial que je leur avais commandé. Ils repasseront plus tard, avec cette chaleur ils sont débordés, les vieux claquent comme des mouches, presque un reproche, ils travaillent à la chaîne, franchement c'est saloper le boulot. Côté bière, j'ai fait dans l'original, un cercueil en carton massif et l'option déco sur le dessus de la boîte, la photo-couleur du café « le Terminus » où j'avais mes habitudes, avenue Mar Sébastiani. Un dernier pied de nez avant le baisser de rideau. J'aurais voulu plus simple, plus dépouillé, un trou sous un arbre, quelque part en Castagniccia[1] ou dans la plaine orientale, mais il paraît que c'est interdit. Restait l'option du fait maison, le trou (si possible déjà fait), une balle dans la tête au bord du trou (si ça je ne sais pas faire, alors je ne sais rien faire), mais les potes pour reboucher le trou ne courent pas les rues. D'abord parce que la rumeur les éloigne en général assez rapidement, et quant à ceux qui ont accepté l'existence des métiers difficiles, huissier,

1. Région montagneuse et boisée de Haute-Corse, qui tire son nom de l'abondance de châtaigniers qui la peuplent.

percepteur, croque-mort, etc., ils m'ont tous précédé dans la tombe. Sans mon aide, je précise, ne jamais mélanger travail et vie privée.

À propos de ceux qui restent, ma progéniture en habits de vautour vient de faire son apparition, chacun avec sa chacune. Eux non plus n'ont pas traîné, comme il fallait s'y attendre. Ils donnent congé à l'élite des chasseurs de martinets, qui leur transmet la consigne laissée par les pompes funèbres : le grand panneau en plastique transparent qu'ils ont installé dans le couloir, c'est pour eux. Non, on ne sait pas à quoi ça sert, ils ont dit qu'il suffisait de brancher la prise. Les deux couples entrent dans la chambre, se placent de part et d'autre du lit et me regardent quelques instants en silence. Pas une larmichette, pas même le début d'un léger picotement, mon visage blafard et creusé par la lumière des cierges ne leur inspire pas grand-chose. Ils tirent quatre chaises et s'assoient l'un à côté de l'autre, alignés contre le mur.

– Tu sais où il rangeait ses papiers ?

– Aucune idée, ça fait bien dix ans que je ne suis pas venu ; la dernière fois, vu tout ce qu'il a encore lâché sur maman, je m'étais juré de ne plus lui adresser la parole.

– Moi c'est pareil, il n'a pas arrêté de me parler de mon petit chapeau, de mon petit manteau, de ma petite auto[1], de me dire que j'aurais bien aimé avoir

1. Jacques Brel : chanson *Ces gens-là.*

l'air mais que j'avais pas l'air du tout. Complètement sénile le vieux, ça le faisait rigoler, je me demande bien pourquoi !

– Ouais, moi il m'a chauffé avec ma baraque, d'après lui une maison de beauf dans un lotissement de beaufs, avec mon barbecue à la con, bobonne et ses gros nichons qui pendouillent – excuse-moi Monique, mais c'est texto ce qu'il m'a sorti !

– Putain, mais pour qui il se prenait ce vieux con ?

Ils ne comprennent rien à rien, mais ils ont de la mémoire, on ne peut pas leur enlever ça ! C'est vrai que j'aurais pu prendre sur moi, faire semblant, sourire, mais c'était au-dessus de mes forces. De les voir bichonner leur tas de ferraille à la sortie du garage, l'un en T-shirt rouge et blanc de l'AC Ajaccio, l'autre, en train de faire la même chose, deux pâtés de maisons plus loin, un gros ribellu[1] en or pendu à son cou, ça m'avait tourné le sang. Le ribellu, espèce de rigolo, tu ne sais même pas de quoi tu parles ! Je les revois sursauter à la moindre détonation quand je les traînais à la chasse, et refuser d'essayer un petit 22LR[2] de rien du tout sur le pas de tir du club, à Bastia. Par chance, la scène n'avait pas eu de témoin, sinon j'étais bon pour faire encore des heures sup !

1. Figurine emblème de la lutte indépendantiste corse, représentant un homme cagoulé et armé.

2. 22 long rifle : munition de petit calibre économique, précise, avec très peu de recul et une détonation faible.

Les croque-morts sont de retour. Ils saluent ces messieurs-dames de la famille et les invitent à quitter la chambre pour qu'ils puissent « officier ». C'est vrai que leur boulot n'a rien de sexy. Moi je me suis toujours contenté de refroidir, je n'ai jamais été confronté aux problèmes de l'après-vente, à devoir mécher, injecter, ponctionner, je crois que je n'aurais pas pu, trop intime, pas envie de connaître l'*after*... Ma progéniture se serre dans le couloir, devant cette silhouette en Plexiglas qui les intrigue et la prise qu'il suffit de brancher. La minuterie remplit son office, la lumière des spots s'efface au profit de mon hologramme, qui leur fait face à présent. Je les imagine faire un pas en arrière, je crois qu'ils ne m'ont jamais vu sourire, je suis sûr qu'ils ont les jetons. Je n'ai pas retenu l'option sonorisée, non pas à cause du prix, mais parce que je ne voyais rien de bien saignant à leur sortir, la parlotte, ça n'a jamais été mon fort. Il n'y a que dans les séries B que le type qui va te descendre te raconte sa vie. Avec juste l'image, comme dans un film muet, c'est beaucoup plus facile et terriblement efficace, tout le monde comprend : un sourire mauvais, les avant-bras à la verticale, poings serrés, puis le majeur dressé avec conviction, l'un après l'autre, sans équivoque. Un pour Anto, un pour Doumé, en les regardant bien droit dans les yeux (enfin j'espère ; normalement, dans le couloir je ne devrais pas les rater). J'avais peaufiné la gestuelle devant le miroir, répété des jours mon sourire pour être bien sûr, effectué plusieurs prises ; celle-là était la meilleure, la plus sincère, le concentré d'un demi-siècle de rancœur. C'était aussi l'avis des croque-morts. À moins qu'ils n'aient pas voulu me contrarier, je les sentais pressés de me voir quitter les lieux.

Du bruit dans l'entrée ; j'ai cru entendre « l'enculé » ! Ils vont s'en souvenir longtemps ces deux-là, ce méchant sourire plein de dents va hanter leurs meilleurs cauchemars. Ils n'oseront plus fermer l'œil, c'est moi qui te le dis ! Et encore, c'est rien à côté de ce que leur réserve le notaire : là, ils vont avoir une vraie bonne raison de me détester. Putain que ça fait du bien une dernière petite saloperie, une dernière pour la route !

Dérapage

Jusqu'à cette journée particulièrement pénible de décembre, les cieux avaient été cléments pour Laurent Mercier. Une cuillère en (plaqué) or dans la bouche dès la naissance, une enfance à l'ombre des facilités bourgeoises de la rue Daguerre[1], une banale école de commerce suivie sans trop d'efforts l'avaient prédisposé à reprendre le restaurant familial. Grand et mince, presque fragile, un soupçon de préciosité aussi bien dans sa diction que dans ses manières le plaçait au-dessus de la mêlée. À aucun moment il n'avait forcé son talent, les affaires marchaient toutes seules, la clientèle réservait d'une semaine sur l'autre, mangeait sans histoire, payait et sortait avec le sourire, après une dernière poignée de main pour les habitués, qui ainsi adoubés reviendraient pour l'unique plaisir d'être reconnus. En début de semaine une nouvelle carte remplaçait la précédente, quelques heures de doute, le petit frisson du lundi.

---

1. Rue piétonne du 14e arrondissement de Paris, très animée, de jour par ses nombreux commerces haut de gamme, comme en soirée, par ses cafés et restaurants à la clientèle bourgeoise.

Au beau milieu du cycle soporifique de ces changements hebdomadaires, il avait rencontré Valérie, une petite blonde charmante quoiqu'un peu fade, étonnamment ambitieuse sous ses airs absents. En réalité l'ancienne chef de rang s'était invitée au menu et Mercier, cédant à la facilité offerte par cette sucrerie à portée de main, avait dévoré cette proie consentante sans y regarder de plus près. Une bouffée d'air frais pour cet établissement vieillissant, d'un excellent rapport mais sans prestige, qui servait une cuisine terroir de bon aloi, dans un décor « historique » quand les murs s'animaient du fantôme des aïeuls, mais franchement daté quand on y pénétrait pour la première fois. Valérie avait pris les affaires en mains, rafraîchi la déco, changé le mobilier, espacé les tables, modernisé la cuisine, « relooké » le personnel, mais rien n'y faisait, elle se sentait à l'étroit entre ces murs chargés de souvenirs qui ne lui appartenaient pas.

Laurent avait fini par céder. Bien vendue, l'affaire avait permis l'acquisition d'un emplacement prometteur, carrefour de l'Odéon, au milieu d'une population qui flattait l'ego de Valérie, jamais rassasiée, portant désormais la culotte avec le consentement tacite de son conjoint. La carte un peu franchouillarde s'était perdue dans le déménagement, remplacée sans regret par une cuisine plus inventive, plus tendance, des plats de chef à prix serrés. Trois ans plus tard le couple achetait le petit hôtel attenant, que gérait entièrement Valérie ; son premier jouet. Elle avait chiné un par un les objets donnant à chacune de ses chambres un cachet singulier, typique du petit hôtel parisien haut de gamme, et s'attachait à panacher la clientèle qui se partageait entre touristes étrangers, alléchés par les photos très *cosy* du *web*, et politiques de province qui se refilaient l'adresse à l'Assemblée, l'établissement disposant d'une entrée annexe en gage de discrétion pour les habitués accompagnés. Un peu cher quand même, mais le quartier l'autorisait largement.

Le couple, lassé par la plongée quotidienne dans un métro devenu trop populaire, Odéon – Denfert-Rochereau, plus une question de principe qu'un réel problème de commodité, avait fini par vendre le vieux quatre pièces de la rue Boulard, dont la vue sur le cimetière du Montparnasse n'enchantait guère Valérie, chaque incursion sur le balcon étant précédée d'un petit signe de croix discrètement effectué avec le pouce. Bruyant côté Froidevaux, il était impossible de dormir fenêtres ouvertes l'été, les scooters aux pots « libérés », le hurlement des sirènes et les coups de klaxon agacés hachaient le sommeil, chaque nuit était une épreuve, un saut dans l'inconnu qui s'achevait au petit matin sur une succession de bâillements incontrôlables. Le standing du bel appartement de la rue Palatine correspondait mieux à l'idée que Valérie se faisait d'elle-même : une allée privative menant au grand jardin intérieur, une pierre de taille joliment travaillée, un quartier recherché, calme et chic, à cinq minutes à pied de l'Odéon. Le parquet de chêne d'époque, dont le brillant révélait si bien les marques du temps, les rosaces sophistiquées, les cheminées aux manteaux de marbre rose et les grandes baies moulurées avaient vu défiler une demi-douzaine d'architectes avant que Valérie ne se décide enfin, panachant l'ancien et le moderne. L'idée n'était pas nécessairement d'en mettre plein la vue, en tout cas pas de façon consciente, mais le résultat final balançait entre le défoulement de nouveaux riches et l'appartement témoin pour investisseur saoudien. Mal à l'aise avec cet étalage qu'ils jugeaient indécent, la plupart des anciens amis du couple avaient pris leurs distances. Les plus fidèles n'avaient pu résister aux rodomontades de Valérie, qui rappelait à la moindre occasion que leurs deux filles avaient intégré Henri IV, uniquement pour le plaisir d'en imposer à ceux dont la progéniture était passée à côté de la crème des lycées parisiens. Seul Laurent, par son unique présence, la renvoyait encore à l'ordinaire de ses débuts, mais de petits arrangements discrets lui permettaient de patienter, en attendant l'occasion de se défaire de ce dernier témoin.

Pour l'heure, le mois de décembre était déjà bien entamé, les fêtes de Noël, l'éternelle farce mercantile sous son déguisement de bonhomie familiale, imposaient plusieurs jours d'enquête, jusqu'à ce qu'une idée vienne soulager le poids de ce fardeau hivernal. Cette année, la toute dernière grève des transports compliquait encore un plus la recherche d'un cadeau original. Forcément original, les deux filles avaient déjà tout, ou quasiment, un vrai casse-tête. L'an passé, ils avaient franchi l'obstacle au dernier moment, à deux doigts du faux pas, une selle Vivace pour l'aînée, un sac Bolide pour la cadette, le tout siglé Hermès. À peu près six mille euros pièce, la manifestation concrète de leur affection, dans la fourchette basse de leurs attentes. Les filles s'étaient fendues d'un sourire poli, que l'on sentait un peu forcé, mais le manuel du savoir-vivre avait pris le dessus, préservant la bonne humeur convenue de la soirée. Cet hiver ils n'avaient toujours pas eu le déclic, il était grand temps de s'y mettre.

D'un commun accord, ils décidèrent que Laurent écumerait les magasins de la rue Saint-Honoré pendant que Valérie confierait sa coupe de cheveux spécial fêtes aux mains expertes de Federico, l'artiste capillaire qui faisait le buzz dans les dîners en ville, et dont le salon, un ancien appartement revisité à la mode vénitienne, tout en transparence, était décidément d'un goût exquis. Laurent venait à peine de quitter le silence velouté d'un joaillier célèbre quand son portable se mit à vibrer au fond de la poche de son trench. Le temps d'enlever ses gants il était passé sur messagerie. Il rappela instantanément Valérie. La voix qui répondit n'était pas celle attendue, il mit un temps à comprendre les mots qui lui parvenaient de façon hachée : *sua moglie*[1] le pressait de rappliquer sans attendre. Un mal de tête n'avait jamais empêché sa femme (ni aucune autre d'ailleurs) de téléphoner et tout en pressant le pas, il se demanda vaguement contrarié pourquoi Valérie n'avait pas pris la peine d'appeler elle-même. La vision d'un casque séchoir et de papillotes spécial couleur apportèrent un début de réponse ; ainsi coupée du monde et touchée par la grâce, une idée de cadeau avait fini par infuser : alléluia, ils étaient sauvés.

Quand il poussa la porte de verre, au fond de la cour, Valérie venait d'être transportée dans un petit boudoir, en position semi-allongée, tenant des propos incohérents, tout le côté gauche embarrassé. Federico en personne avait appelé le 15, le médecin régulateur envoyait une ambulance du SMUR[2]. Laurent accusa le coup, le bronzage qu'il affichait en permanence ne parvint pas à dissimuler son malaise. Ne sachant que faire, sa grande carcasse entama une chorégraphie nerveuse, digne de la relève de la garde version accélérée, partagée entre petits pas rapides, demi-tours sur

1. Son épouse, en italien.
2. Service mobile d'urgence et de réanimation, qui intervient pour la prise en charge d'un patient nécessitant des soins en urgence et/ou des manœuvres de réanimation.

place, face à face interrogateurs avec le personnel, sidéré par la tournure des évènements. Autant pour se rendre utile que pour s'extraire de cette pantomime saccadée, il quitta le salon, traversa rapidement la cour, atteignit la rue et guetta le gyrophare.

La rue Saint-Honoré était paralysée, douchée par une pluie glaciale qui courbait les têtes et fermait les cols. Les capots luisants renvoyaient le scintillement de vitrines aguicheuses, mais loin de ces considérations festives, les gens excédés sortaient de leurs voitures, klaxonnaient rageusement à tour de rôle, portière ouverte. Rien ne bougeait. Des vélos zigzaguaient entre les carrosseries à touche-touche, des trottinettes filaient à contresens, des scooters investissaient les trottoirs, d'une largeur ridicule. Les piétons rasaient les murs et tentaient d'échapper à la horde sauvage. Les plus excités frappaient le toit des voitures du plat de la main, les insultes fusaient de toutes parts, bien au-delà de l'habituelle invective parisienne. Entendant une sirène au loin, Mercier sortit de l'abri de fortune qu'offrait la porte cochère et remonta la rue en courant, tant pis pour les Berluti. À l'angle de la rue Royale, le gyrophare des pompiers inondait inutilement de son bleu officiel un tapis de véhicules encastrés en tous sens, pare-chocs contre pare-chocs. Pas de SMUR en vue. Il s'approcha du fourgon qui venait de couper son deux-tons, décidément sans effet sur cette empoignade immobile. Le conducteur casqué abaissa la vitre en secouant la tête : les flics avaient déployé leurs grilles antiémeutes place de La Concorde, tout le centre de Paris était bloqué. La rue de Rivoli tout entière était renvoyée rue Saint-Florentin, ruelle étroite toute en travaux, un vrai cul-de-sac. Pris dans la nasse, les cobayes d'un soir tentaient d'échapper à ce piège infernal, et complètement déboussolés en l'absence d'alternative logicielle, cherchaient à rejoindre la Madeleine à toute force. Plus personne ne se souciait des feux tricolores, pas un flic à l'horizon, de Saint-Lazare à l'Étoile c'était la guerre. Incompréhensible. Mercier repartit en courant vers le salon de coiffure, la bouche sèche, le souffle court, et fit rappeler le 15. Le SMUR de l'Hôtel-Dieu était à l'arrêt rue de Rivoli, les voies de bus investies par toutes sortes de véhicules, jusqu'aux pistes cyclables, prises d'assaut. L'équipe médicale prit la décision de finir le trajet à pied ; sur la base d'un pronostic d'AVC très inquiétant, Valérie fut immédiatement prise en charge. Mercier ne fut pas autorisé à l'accompagner.

En fin de soirée, sillonnant les arcades de l'Hôtel-Dieu, il put enfin recoller au peloton. Malgré les contorsions dialectiques du corps médical, il comprit que le manque d'oxygène avait entraîné des lésions neurologiques, « potentiellement » irréversibles. Il était question d'aphasie, d'une rééducation « relativement » longue, de récupération « partielle ». Au fur et à mesure que le cerveau de Mercier enregistrait les termes de ce diagnostic précautionneux, le monde s'écroulait autour de lui, par pans entiers, dans le ralenti impitoyable d'un film catastrophe. Lui qui jusque-là s'était appuyé sur sa femme, pour ne pas dire qu'il s'était laissé conduire, par facilité, par amusement, par flemme, se retrouvait en première ligne, seul et désarmé, pour la première fois de son existence.

Une colère froide cogna à sa porte quelques jours plus tard, quand il s'interrogea sur les raisons de cette thrombose circulatoire de la capitale, cause principale d'une prise en charge retardée aux conséquences dramatiques. Renseignement pris, une manifestation contre le projet de réforme des retraites était partie à 14 heures des Invalides, direction Denfert-Rochereau. À 18 heures elle était arrivée à destination, pourquoi diable ces bataillons de flics hilares continuaient-ils de bloquer stupidement la Concorde ? Deux possibilités se disputaient la faveur des possibles, l'une n'excluant pas l'autre. La plus probable, l'exécutif jouait le pourrissement, la contestation chargée de tous les maux, responsable de tous les dérapages, de tous les excès, de tous les manques. Moins immédiat, mais plausible, l'entourage du président redoutait le débordement « d'éléments incontrôlables », l'ombre de Louis XVI s'invitant dans les couloirs du Palais. Après les dernières tentatives musclées d'irréductibles gilets jaunes, les remontées de terrain faisaient craindre le pire, les politiques honnis comme jamais, tous bords confondus, les syndicats dans le même sac, généralement utilisé pour noyer les chats.

De fait, un gouvernement au plus bas dans les sondages avait tenté d'imposer une réforme imprécise, obscure, l'œuvre inachevée d'un bataillon de technocrates appliquée dans le dos des Français, tel un cataplasme. Ça risquait de piquer un peu, mais dans l'intérêt général, il fallait accepter de souffrir pour guérir. Le président, un socialiste à califourchon sur un sous-marin de la finance, avait débauché un Premier ministre dans les rangs de la droite. Cette cohabitation qui se voulait inspirée s'avérait en fin de compte désastreuse, les atermoiements des uns et des autres conduisant à l'une des grèves les plus longues de l'histoire récente, à l'asphyxie de Paris, à la paralysie de Valérie. De façon classique la sanction passait par les urnes, mais dans les faits le sortant n'était jamais réélu, balayé par le mécontentement réflexe d'électeurs désabusés. Pas vraiment une punition, tout juste une habitude que les intéressés avaient intégrée dans leurs cursus, les retombées du poste occupé étant négociées bien avant l'élection à venir. Côté syndicats ça ne valait pas mieux. Les plus réfractaires, arc-boutés sur la défense des « acquis sociaux », franchement comiques pour certains (une prime de travail, ça en disait long !), défendaient les privilèges d'une petite caste de nuisibles. Les « réformistes » quant à eux se faisaient les dents sur l'os qu'on leur avait donné à ronger.

Les coupables étaient clairement identifiés, il fallait passer à l'étape suivante, la sanction. Quelqu'un devait payer, pour une fois, concrètement, *physiquement*, loin des sursis d'une justice concentrée sur le droit, rien que le droit, laissant les devoirs à qui voudrait bien s'en occuper. La vision fugace d'un coffre de voiture caressa le subconscient de Mercier, suivie d'une décharge à flanc de colline, de corbeaux s'employant au-dessus de restes démembrés : Action directe[1], le retour. Peut-être plus tard, pour le moment son groupe à lui se résumait à sa seule personne. Il lui fallait une entrée en matière à la hauteur de ses compétences, histoire de se faire la main, d'homicider proprement, sans état d'âme.

La populace embrigadée, hormis les aboyeurs les plus médiatisés, était facile d'accès : l'un d'eux allait y passer, au hasard, n'importe lequel, aucune importance. La manif programmée le jeudi suivant se dispersait à Denfert, comme souvent, un endroit qu'il connaissait bien, un décor rassurant pour un galop d'essai, malgré les rangées de flics casqués qui tapissaient les murs tout autour de la place. À 17 heures, Mercier faisait le pied de grue face au

1. Groupe terroriste anarcho-communiste qui prônait le recours à la violence comme arme politique ; à l'origine de 80 attentats ou assassinats sur le sol français entre 1979 et 1987.

Lion de Belfort[1]. Les quelques drapeaux communistes qui flottaient au-dessus de ces processions hebdomadaires l'avaient inspiré : la faucille était encombrante, peu efficace, il lui avait préféré le marteau, qui tenait dans une (grande) poche, un peu lourd quand même, mais d'un usage autrement plus instinctif. Qui vit par l'épée périra par l'épée[2] ; le proverbe le confortait dans sa démarche, la sanction serait quasi divine.

Juché sur le toit de sa camionnette, porte-voix arrosant la meute des sympathisants, le camarade à la voix éraillée donnait le signal de la dispersion, bien à regret tant il affectionnait le regard que portait sur lui, tel un prédicateur en chaire, la foule des fidèles convaincus. La manif se terminait ici, c'était la fin du carnaval, des saucisses frites ; rendez-vous était donné à la prochaine kermesse, date à préciser, mais « tous ensemble » quoi qu'il arrive. De nombreuses pancartes sur lesquelles était inscrit plus ou moins habilement « où est passé le pognon » étaient démontées soigneusement ; elles seraient amenées à resservir. Presque à contrecœur, chacun enroulait sa banderole ou son drapeau, puis se détachait du troupeau par petits groupes hétéroclites. Mercier prit

1. Sculpture en cuivre placée au centre de la place Denfert-Rochereau, réplique au tiers de l'œuvre originale, réalisée aux pieds des remparts de la citadelle de Belfort.

2. Issu de la Bible Matthieu 26 : 52 – « Alors Jésus lui dit : remets ton épée à sa place ; car tous ceux qui prendront l'épée périront par l'épée ».

en chasse quelques excités engoncés dans leurs gilets rouges barrés de jaune, qui parlaient fort, convaincus de la justesse de leur cause par la répétition de leurs slogans, liturgie syndicale pour sous-doués. Arrivés à hauteur du « Café du Rendez-Vous », ils bifurquèrent et s'assirent en terrasse. Mercier entra et s'installa au comptoir, d'où il avait une vue parfaite sur les entrées de l'établissement.

Des caméras avaient eu la même idée et balayaient la salle, le zinc, la terrasse couverte ; il avait négligé de vérifier, une faute de débutant. Descendant aux toilettes, un gros œil noir le fixa sans ménagement au détour de l'escalier, quasiment à bout portant. Il y en avait décidément partout, inutile d'insister. Il avala son café, régla et sorti, décontenancé. Il pensait avoir préparé son affaire dans les moindres détails, pas de téléphone portable, pas de montre, pas d'alliance, une parka noire des plus banale, un gilet jaune lambda, des gants de laine tout simples, des chaussures de randonnées achetées pour la circonstance lors d'un trek au Tibet, impossibles à identifier. Une fois la capuche rabattue sur sa tête, il était convaincu de pouvoir échapper à la vidéosurveillance, omniprésente dans les rues de Paris. Il avait poussé le détail jusqu'à rejoindre le cortège à mi-parcours, en coupant par les jardins du Luxembourg et la rue de Fleurus, n'avait enfilé son gilet qu'au milieu de la foule, boulevard Raspail, à hauteur de Notre-Dame-des-Champs, là où le maillage des caméras présentait un relâchement notable. Merci Data.gouv.fr[1], merci la CNIL[2]. Il avait pris grand soin de ne pas longer les vitrines, de ne pas apparaître sur l'hypothétique vidéo des rares commerces et agences bancaires qui bordaient le parcours. Mais il avait négligé l'endroit le plus important de l'affaire, les urinoirs, là où il projetait d'en finir avec celui qui aurait la mauvaise idée d'aller se soulager, lui tournant le dos, les mains occupées, avant de finir affalé, le crâne fendu dans la vasque naphtalinée.

Dehors, une petite pluie dérangeante commençait à tomber ; la place se vidait lentement. Mercier s'inséra dans le flot des manifestants qui se congratulaient, pointant la participation en hausse, la présence des étudiants dans le cortège, l'adhésion récente des avocats. En parfaite harmonie avec la couleur de leurs gilets fluo, casque de cycliste vissé sur le haut du crâne, trois types rougeauds enfilèrent la rue d'Alésia. Il les suivit à distance. À leur démarche, on avait la certitude que toutes les buvettes avaient été évaluées le long du parcours, que rien n'avait été laissé au hasard au niveau d'une hydratation qu'ils avaient voulu participative.

---

1. Site sur lequel la carte de l'implantation des caméras de vidéo-verbalisation à Paris est disponible.
2. Commission nationale de l'informatique et des libertés, chargée de veiller à ce que l'informatique ne porte atteinte ni à l'identité humaine, ni aux droits de l'homme, ni à la vie privée, ni aux libertés individuelles ou publiques.

À l'angle de la rue des Plantes l'un des trois Playmobil se dirigea vers le tabac, les deux autres lui firent signe d'un geste du coude sans équivoque : ils l'attendaient au bistro, juste à côté, « fallait arroser ça ». La chance tournait, Mercier connaissait les lieux. Une seule caméra, au pied de l'escalier, à droite en descendant. La pluie avait rempli son office, le plus rondouillard de la bande, la bouche ouverte sur une dentition hésitante, une dent oui, une dent non, fut pris d'une envie pressante. Sans prendre la peine de s'asseoir, il se dirigea vers l'escalier menant ou sous-sol, drapeau dans une main, casque dans l'autre. À peine arrivé au comptoir, Mercier n'eut que deux pas à faire pour se présenter derrière lui, en haut des marches. Sa future victime en ligne de mire, il mit la main à la poche et enroula fermement ses doigts autour du manche de bois. Sentant une présence dans son dos, l'amateur de chopine se retourna pour voir qui s'approchait, trop vite et trop près à son goût. Le regard haineux de Mercier le prit de court. Dans un mouvement de recul, le malheureux trébucha sur la dernière marche, se rattrapa à la main courante, lâcha le manche de son drapeau de fortune qui se prit dans ses jambes. L'homme dont le cœur penchait nettement à gauche finit par perdre l'équilibre et partit en arrière. Les grands moulinets qu'il fit de ses deux bras ne rencontrèrent que le vide, aucune prise à laquelle se raccrocher sur ces parois de faïence brune, désespérément lisses.

L'arrière de son crâne fit un bruit sourd en heurtant le lavabo. Affalé dos au sol, la tête étrangement à l'équerre contre la colonne de porcelaine blanche, le type était visiblement parti manifester dans l'au-delà. Mercier resta planté sur place un bref instant, puis avec un calme qui le surprit lui-même, fit demi-tour, ôta son gilet jaune, le roula en boule et le fourra dans sa poche. En émergeant de l'escalier, il prit soin de ne croiser le regard de personne et releva sa capuche en sortant. Quelques mètres plus bas le 62 finissait d'embarquer ses passagers. La chance, à nouveau. Il pressa le pas, monta à l'arrière au moment où les portes se refermaient. Les caméras embarquées ne filmaient que sur déclenchement du conducteur, il le savait, et sauf à ce qu'un chat noir ne jette son dévolu sur le bus, il n'avait rien à craindre de ce côté-là. Il descendit trois arrêts plus loin et attendit sagement le 95, qui le ramènerait aux certitudes apaisantes du Quartier latin, son terrain de jeux à présent.

Et d'un.

Mercier se sentit soulagé, presque léger après la tension de ces dernières heures, pas mécontent de lui en fin de compte, surtout qu'en la circonstance, s'il était coupable par intention, légalement il ne risquait pas grand-chose, les chutes mortelles dans les escaliers n'avaient rien d'insolite, notamment quand la pluie était de la partie et la victime alcoolisée. Un simple accident, banal, pas une ligne dans *Le Parisien*. Rassuré par ses propres arguments, Mercier regagna son fief, fit un tour en cuisine, et passa voir à l'hôtel comment les choses se présentaient sans Valérie aux commandes. Pendant qu'il faisait le point sur les réservations du jour, un couple poussa la porte, salua le concierge, retira ses clefs au tableau et disparut dans le petit escalier menant aux étages. Mercier les catalogua grossiste en charcuterie pour monsieur, il en avait la classe, et pute de l'Est pour madame, qui laissait dans son sillage une fragrance de boudoir canaille. La tête du client ne lui était pas inconnue, il regarda sur l'écran la réservation de la 404 : M. et Mme Vincent. Apparemment M. Vincent était un habitué, réservait deux nuits, les mardis et mercredis, toujours accompagné. Soudain il retrouva la mémoire : le député Couillard[1] ! C'était le député Couillard, un élu de la Gironde qu'il avait croisé lors d'une verticale[2] dans les caves d'un célèbre vignoble des Graves. Apparemment M. le député ne se limitait pas aux plaisirs de la table. Couillard le bien nommé, le candidat tout trouvé pour la suite du programme, une horizontale sur drap de soie, dans un caveau du Bordelais, pour l'éternité.

Le député Couillard avait ses habitudes. Dîner au restaurant, partie de jambes en l'air le mardi soir, dodo, Commission à l'Assemblée le mercredi,

1. Tout amalgame avec Mme Bérangère Couillard, députée LREM de la Gironde, serait totalement déplacé, en la circonstance.
2. Dégustation d'un même vin sur des millésimes différents.

rebelote le mercredi soir et retour au bercail le jeudi. Mercier se voyait mal jouer du marteau dans la chambre 404 ; 404, comme « erreur 404[1] ». Avec son passe il pouvait entrer sur la pointe des pieds vers 3 heures du matin et lui régler son compte, mais que faire de ce gros cadavre dégueulasse, de la literie tachée de sang ? Et si le député ne renvoyait pas la vraie-fausse Mme Vincent, si elle restait coucher là ? Sans parler des portables, qui actaient de leur présence à l'hôtel, fausse identité ou pas. La 404 avait demandé que lui soient montés deux petits déjeuners ; la pute tapait l'incruste. En détaillant la commande du faux couple, l'idée lui sauta aux yeux, comme une évidence : le poison, une technique passée de mode mais qui avait fait ses preuves, offrant toute latitude pour nier en cas de coup dur : qui avait versé le poison et pourquoi ? La pute (vengeance commanditée par la vraie Mme Couillard, par un revanchard de sa circonscription, ça ne devait pas manquer) ? Quelqu'un de l'hôtel, client ou personnel, mais avec quel mobile ?

Le jour suivant, face à l'un des écrans du Cyber de la rue Mignon[2], il effectua les recherches nécessaires, à coup de Vidal et autres sites détaillant les effets indésirables et contre-indications médicamenteuses. Il prévenait ainsi la descente à domicile d'un limier soupçonneux, improbable mais toujours

1. En informatique, code indiquant une erreur d'adressage.
2. Petite rue discrète à cinq minutes à pied du Carrefour de l'Odéon.

possible, d'un fouineur tenté par le disque dur de son ordinateur. Après moult hésitations, il arrêta la formule magique de son cocktail létal. Recueillir la poudre de gélules à 160 mg de Propanolol subtilisées à son père. Il en faudrait beaucoup, mais le pauvre vieux passait son temps à égarer son traitement, c'était faisable en deux ou trois visites. Ajouter une boîte de cachets à 20 mg de Dompéridone réduits en poudre, fortement déconseillés en association avec les bétabloquants. Bien mélanger le tout, réserver. Farcir l'omelette au lard de monsieur, aucun risque de confusion avec les viennoiseries de madame. Il tenterait également les vingt comprimés d'une boîte de Nivaquine 100 mg écrasés dans la marmelade d'oranges, ça n'allait pas du tout avec le reste, ça ne pouvait faire que du mal.

Quand le député Couillard pris place en Commission des affaires économiques, ce mercredi à 9 h 30, il était de bonne humeur. Il avait échangé quelques mots avec les huissiers, comme d'habitude, l'ordre du jour n'était pas trop fatigant, comme d'habitude, présentation de rapports, communications, etc. Deux heures plus tard il était pris d'un malaise que rien ne laissait présager, sinon son coup de fourchette légendaire, sa passion pour le vignoble bordelais et les Montecristo[1]. Les confidences de Couillard sur sa pratique du sport en chambre finirent de convaincre

1. L'une des cinq meilleures marques de cigares cubains.

les membres de la Commission que la plus grande discrétion s'imposait dans cette affaire, qu'il convenait d'étouffer pour ne pas voir rejaillir sur chaque député(e) le soupçon d'une débauche institutionnelle à l'Assemblée, après l'épisode fâcheux des festins royaux de son président[1].

Et de deux.

Maintenant que Valérie n'était plus perchée sur son épaule, il se sentait libre de ses mouvements, de ses pensées, de ses envies. À bien y songer, il n'avait jamais été vraiment maître de ses choix, prisonnier du politiquement correct, d'une morale à trois francs six sous qui valait pour le bas peuple mais n'avait plus cours sur les sommets, où le manque d'oxygène faisait des ravages. Mercier aurait pu s'en tenir à ses deux improvisations artisanales, mais la liste des « soustractions » qu'il avait imaginées l'avait mis en appétit. Dans un carnet Moleskine qui ne le quittait plus figuraient pêle-mêle les profiteurs du système, ceux qui vivaient aux crochets des Français, dans l'ombre, à l'abri de titres ronflants, souvent présidents grassement rémunérés d'une coquille vide, inconnue du grand public et taillée sur mesure par les copains aux affaires. Bercy[2] était la nouvelle bastille, monstre adipeux asservissant les

1. Référence aux agapes de l'affaire de Rugy.

2. Bâtiment qui abrite, sur 225 000 mètres carrés de planchers, le ministère de l'Économie et des Finances, dans le 12e arrondissement à Paris.

pouvoirs successifs, futur symbole de la révolution à venir, qui verrait le bâtiment cerné par la foule, pris d'assaut, occupé et démonté ligne de crédit après ligne de crédit, jusqu'à comprendre pourquoi les sommes astronomiques prélevées dans la poche des Français produisaient aussi peu d'effet dans leur quotidien. Le carnet s'était rempli au fur et à mesure que des noms apparaissaient, qui au détour d'une affaire, qui à l'occasion d'un scandale. S'y étaient invités des élus de tous bords, des *lobbys* de tous poils, et pour faire bonne mesure, quelques délégués syndicaux particulièrement nocifs. Les hauts fonctionnaires n'étaient pas de reste, ceux qu'on entendait peu mais qui, derrière les postures bravaches des ministres de passage, détenaient le véritable pouvoir, celui d'orienter, d'empêcher, d'opacifier pour mieux disposer de la bête, ce mammouth[1] que personne n'était parvenu à dégraisser. Pareillement jugés coupables, divers ténors du barreau, de ceux qui monnayaient à prix d'or la défense de politiques pris par la patrouille, bras enfoncé jusqu'à l'épaule dans le chaudron de confiture.

À une telle échelle, il ne pouvait passer à l'offensive sans une formation digne de ce nom, mais la toile ne regorgeait pas d'annonces proposant un stage de vengeur masqué, de tueur à gages (ou sans),

1. En référence à la phrase prononcée en 1997 par Claude Allègre, alors ministre de l'Éducation nationale : « Il faut dégraisser le mammouth. »

de Robin des bois des temps modernes. Il ressentit le besoin de faire le point, de prendre du recul, quelques jours de vacances lui feraient du bien, lui changeraient les idées, peut-être même lui permettraient de tourner la page et d'ignorer superbement la liste des collectionneurs, ceux qui passaient leur vie à amasser, courant après les richesses, les titres, les conquêtes. Pour une fois il ne serait pas obligé d'aller se faire bronzer connement sur une plage de rêve, il allait traverser la Namibie, seul, se contenter d'un hébergement au confort relatif, sans clim, sans resto étoilé, sans massage ayurvédique, sans boîte à la mode… Juste la nature en grand.

Affalé dans son fauteuil de *business class*, Mercier savourait le champagne qui venait de lui être servi, pendant qu'à l'arrière, les chenilles processionnaires continuaient de rechercher, inquiètes, l'emplacement de leurs sièges étriqués. Le confort relatif attendrait l'hémisphère Sud, pour le moment les tentations étaient encore trop fortes, le contexte ne s'y prêtait pas vraiment. L'équipage annonça « embarquement terminé ». Juste après la fermeture des portes, la voix du commandant de bord résonna dans la cabine :

« En raison d'un mouvement social des contrôleurs aériens, le départ de l'appareil est retardé de cinquante minutes ; nous vous tenons informés de l'évolution de la situation – *Due to a strike by air traffic controllers, the airplane's departure will be delayed...* »

Laurent Mercier resta un bon moment le regard fixe, traversant le dossier du siège devant lui. Se dépliant à contrecœur, il demanda à l'hôtesse dans quel rangement elle avait suspendu son trench, en extirpa son calepin, fit sauter l'élastique, et dans la colonne *ad hoc*, en dessous *d'éboueurs*, inscrivit : *aiguilleurs du ciel…*

Vernissage

La journée n'en finissait pas. Comme tous les vendredis sa messagerie était prise d'assaut, la moitié de la France privilégiait les dernières heures de la semaine pour charger la barque en messages donnant lieu à polémique, intentionnellement gardés sous le coude jusque-là, juste pour le plaisir d'anéantir son week-end. Dans la profession le procédé était courant, les courriels les plus perfides étant même programmés pour lui parvenir le samedi. Autour de lui, dans le petit *open space*, ses collègues chef de projet se levaient tour à tour, visiblement plus chanceux cette semaine, enfilaient leur manteau et d'un bref signe de la main basculaient en mode week-end, bar à tapas pour les uns, *home sweet home* pour les autres. Dix-neuf heures déjà.

Objectivement, Fabrice Mercier n'avait pas à se plaindre. Au regard de la moyenne des gars de son âge il gagnait bien sa vie, entouré de gens bien élevés, peut-être même un peu lisses, dans un décor à la fois moderne et *cosy*, un minimum pour un promoteur d'envergure nationale. Après un banal cursus d'ingénieur généraliste, il était passé par la case bureau d'études, avait tâté du bureau de contrôle puis s'était perdu dans la conduite de travaux, pour atterrir *in fine* à la maîtrise d'ouvrage. Le stylo quatre couleurs, si l'on s'efforçait de trouver des qualités à ce parcours hésitant, le touche-à-tout qui se cherche, dans une version moins complaisante.

À quarante ans bientôt il vivait mal un célibat de fait, et sorti de quelques rencontres éphémères, personne ne l'attendait le soir à la maison. Le cercle infernal de la solitude était enclenché : travailler tard pour éviter de se retrouver seul entre quatre murs, de moins en moins de temps disponible pour d'éventuelles rencontres. En théorie l'âme sœur pouvait déboucher à tout moment, au détour d'un couloir, à la sortie de l'ascenseur, devant la machine à café. En théorie seulement. Dans son univers essentiellement masculin, hormis quelques assistantes à cheveux gris, les rares profils féminins n'en avaient que le nom, des femmes autoritaires, des meneuses d'hommes, des moustachues, carrées dans leurs têtes comme dans leurs corps, la tyrannie en sautoir. Très peu pour lui, qui rêvait d'un amour pur, désintéressé, sous perfusion d'un romantisme qui n'avait pas survécu à l'époque. Rien à voir avec les « couples » actuels, un contrat de courte durée où chacun vivait sa vie, un peu de sexe de temps en temps mais de moins en moins, l'un à côté de l'autre mais la tête ailleurs, connectée, partageant provisoirement les frais, prêt à décrocher l'amarre au premier coup de vent.

Dans son métier, il n'y avait ni le temps ni la place pour les chimères, seulement des problèmes urgents à régler, une succession de batailles que d'autres avaient initiées avant lui et qui se répétaient programme après programme, d'une banlieue à l'autre. Des voltigeurs au flair de chien de chasse avaient longuement gratté pour dénicher un terrain potentiellement constructible, forcément grevé de contraintes majuscules, tous les autres ayant été négociés et vendus depuis longtemps. Désamiantage massif, ancien site industriel (donc pollué), nappe phréatique affleurante, carrières en sous-sol, la liste n'était pas limitative mais les emmerdements cumulables. Mercier avait pris le relais avec la mairie, le département, le Grand Paris, et toutes les entités administratives qui ne perdaient jamais une occasion de lui faire savoir que telle ou telle partie du domaine public était de leur compétence exclusive. Suivaient des réunions sans fin avec une ribambelle de concessionnaires, au pouvoir de nuisance historique pour certains. La demande de permis atterrissait enfin sur le bureau de politiques frileux, aux exigences contradictoires (réélection mise à part), avant d'être jetée en pâture aux recours des tiers, qui n'entendaient pas se laisser dépouiller d'un coin de ciel gris ou d'un carré de verdure clairsemée sans épuiser tous les possibles.

En fin de programme, le jeu consistait à faire avaler au candidat à l'accession, celui qui allait en prendre pour trente ans, ce charmant quatre-pièces (invendu), avec terrasse (plein nord) à l'architecture néoclassique (pastiche outrancier), proche des transports (le RER sous les fenêtres), vue sur le parc (futur *no man's land* autour d'un bassin à sec). Il fallait se débarrasser au plus vite de ces appartements mal foutus, aux chambres minuscules, aux chiottes immenses, le tout situé au-dessus de la rampe du parking, à peine dissimulée par une pergola dont les plantes cesseraient de grimper le jour de la réception. En général une remise « commerciale » suffisait à convaincre, la plupart des gens achetant le rabais octroyé. Pour les récalcitrants, les empêchés du stylo, les mous du paraphe, un petit effort sur les TMA[1] réglait la question, éventuellement doublé d'un geste sur les prestations. La plus-value potentielle qu'on leur agitait sous le nez emportait la décision des plus difficiles.

Habituellement l'ordinateur de Mercier restait allumé tard dans la nuit, les livreurs de pizza connaissaient bien l'adresse. Mais en cette fin de semaine il manquait cruellement d'efficacité et ne

1. Travaux modificatifs acquéreur : modifications convenues entre l'acquéreur et le promoteur lors de l'achat sur plan d'un bien immobilier, qui engendrent en général un coût supplémentaire pour l'acquéreur.

parvenait plus à concilier l'inconciliable, à marier l'eau et le feu. Son regard glissa de l'écran pour atterrir sur une plaquette A4 montrant en plan américain une jeune fille nue, la tête légèrement tournée de côté, une main repliée devant la bouche, le fixant droit dans les yeux. Il avait complètement oublié le vernissage de l'expo de ce peintre et ne se souvenait plus vraiment s'il avait dit qu'il irait ou non. L'artiste ne lui en voudrait pas, il était mort depuis plus d'un demi-siècle. En matière de peinture Mercier ne maîtrisait que le nuancier RAL[1] et quelques références chez Tollens ou Ripolin, mais on était vendredi, il était le dernier sur le plateau, la galerie était à deux pas.

Seul dans l'ascenseur, tandis que le chuintement feutré de la machinerie accompagnait sa descente vers le grand hall, déserté à cette heure, son reflet multiple dans les miroirs de la cabine lui rappela sa dernière incursion dans le monde de l'art, ce piège qu'il n'avait pu éviter, contraint de feindre l'admiration devant une toile de maître, la copine du moment étant parvenue à le traîner dans les salles glacées de musées où le murmure des visiteurs le disputait au bruit de leurs pas. Il n'avait en vérité ressenti aucune émotion ; rien, rien de

1. RAL est l'abréviation de *Reichs-Ausschuß für Lieferbedingungen und gütesicherung*. Le nuancier RAL est utilisé afin de pouvoir reproduire une couleur dans n'importe quel type de peinture ou sur n'importe support, au sein de l'Union européenne.

rien. En dernier lieu, il avait affronté un grand rectangle sombre représentant une célébrité tombée dans l'oubli d'une époque révolue, entouré d'êtres suspicieux qui inspectaient la toile sous tous les angles, le nez dessus, à la recherche du moindre repentir[1]. Un rejeton Médicis ou Farnèse, il ne s'en souvenait plus. Un Titien en tout cas. En son for intérieur il avait pensé « bien peint », mais n'avait pas osé extérioriser ce commentaire barbare, sentant instinctivement qu'il risquait de finir la soirée seul, définitivement catalogué au rayon inculte, infréquentable, en tête à tête avec lui-même. Il s'était réconcilié *in extremis* avec le genre quand Van Gogh avait décongelé l'académisme pompier de la peinture sur commande. Ses couleurs vives et tranchées l'avaient séduit, ses empâtements généreux combinés à la distorsion du réel avaient apporté quelque chose de nouveau, une puissance à laquelle il était sensible mais qui n'allait pas jusqu'à l'inciter à courir les expositions. La foule qui patientait des heures en file indienne avant de s'agglutiner devant quelques toiles l'en aurait de toute façon dissuadé.

La nuit avait vidé les trottoirs à la sortie de l'immeuble. Mercier prit la direction de l'avenue Matignon. Les vitrines éteintes, pour la plupart

1. Partie du tableau recouverte par le peintre pour masquer ou faire apparaître des personnages, des objets ou organes, ou modifier leur aspect et leur position.

des galeries d'art, ne renvoyaient que les feux des rares voitures qui remontaient vers les bureaux de ce quartier d'affaires. En face du siège d'Axa, à la façade de verre sans vie, une devanture avait bravé le baisser de rideau général et projetait sur le trottoir une flaque de lumière dont disposaient une vingtaine de fumeurs, cigarettes dans une main, verre de champagne dans l'autre. Un alignement de conteneurs bordait le trottoir de part et d'autre de la galerie, conséquence de la grève du ramassage des ordures. Pour la plupart remplies de papiers, de cartons et d'emballages, ces poubelles dont il était impossible de rabattre le couvercle contrastaient fortement avec les mondanités dont Mercier percevait l'écho depuis un moment déjà. Un serveur au sourire factice passait des assiettes de petits fours que des mains véloces vidaient prestement, sans un regard. La maîtresse de maison, visiblement enchantée par la tournure que prenait l'évènement – c'était décidément un succès – papillonnait d'un petit groupe à l'autre, lâchait un sourire, serrait des mains, distribuait des catalogues à ceux qui en étaient dépourvus. Mercier délesta le serveur d'une flûte, marquant ainsi son appartenance au sérail, et s'inséra entre les groupes.

Il ne connaissait personne. À l'intérieur les conversations allaient bon train, nul ne faisait attention à lui, mis à part la jeune fille, celle-là même dont il avait croisé le regard à côté de son ordinateur. Ici à taille réelle, flanquée d'une copine en tout point identique[1], sa jumelle peut-être, la fille du peintre continuait de le fixer depuis le mur sur lequel on l'avait enchaînée pour la soirée. Ce regard pourtant figé depuis cinquante ans semblait le suivre dans ses déplacements, comme si la demoiselle avait repéré chez lui quelque chose de différent. À vrai dire on pouvait facilement la comprendre : malgré sa calvitie précoce, il était à la fois le plus sexy des convives et le seul à prêter un minimum d'attention aux tableaux exposés. La technique du peintre n'égalait sans doute pas celle des Raphaël, Véronèse et compagnie, mais le regard de cette fille était bien plus vivant que tout ce qu'il lui avait été donné de voir jusque-là en matière de portrait. Mercier fit le tour de la pièce. L'artiste, qualifié de réaliste-synthétique (ce besoin de tout cataloguer !) avait peint la Bretagne, beaucoup, la Provence, un peu, Venise, à la marge, quelques natures mortes et compositions allégoriques. Dans le fond de la salle, à côté de champignons présentés comme vénéneux, deux insectes, *a priori* deux blattes, avaient été flashés en plein coït. Un jour sans, probablement.

Pour en revenir à la peinture, les croûtes, à défaut d'être placardées sur les murs comme on pouvait le craindre, s'affichaient dans la salle : une épaisse couche de fond de teint figeait des

1. *Les Amies de pension*, huile sur toile de Robert Humblot, 175 x 142 cm, 1959.

visages indifférents, hautains, dans un semi-coma, antichambre de la mort. Chacun, plus exactement chacune épiait sa voisine, les regards mobiles scannaient sans pitié la tenue de l'autre, scrutaient la quantité de cheveux restants, commentaient l'épaisseur du camouflage, estimaient la valeur des bijoux, tout en échangeant sur la qualité des toasts au foie gras et la fraîcheur des vérines de Saint-Jacques. Dès que l'un des invités se détachait du petit groupe auquel il s'était mêlé l'espace d'un instant, des commentaires assassins fusaient dans son dos, elle avait pris dix kilos (au moins), elle avait mal vieilli (la pauvre), elle s'était fait larguer (normal). Un vieillard insupportable signifiait à son voisin « qu'il en avait marre du champagne », mais n'allait pas jusqu'au bout de sa phrase, interrompu par la maîtresse de cérémonie. Dommage, Mercier aurait bien aimé entendre la suite, savoir vers quel élixir de mort s'étaient tournées ces deux momies blasées. Un peu à l'écart, piégé devant le buffet par le galeriste, un couple feuilletait le catalogue, lui ne regardant que la colonne de droite, celle des prix. Moralement tenu d'acheter quelque chose et soucieux de le faire savoir, le mari cherchait clairement à minimiser le montant du chèque, peu importait la toile et ce qu'elle avait à dire.

Ressentant soudain le besoin de changer d'air, Mercier sortit sous prétexte d'en griller une. La seule personne qui semblait s'intéresser à lui, nue et sans défense, était à vendre. Il aurait aimé la soustraire aux (rares) regards qui s'attardaient sur ses courbes, mais il n'en avait pas les moyens, d'autant que le format *king size* de la toile méritait un intérieur à sa mesure. Son appartement haussmannien n'était pas ridicule, loin de là, mais aucun pan de mur n'était assez grand (et vide) pour accueillir sa nouvelle fiancée.

Une camionnette blanche s'approcha lentement, sans doute perdue à cette heure, dans ce quartier vidé de ses occupants. Vitres ouvertes, déversant son flot de paroles haineuses sur un ton monocorde, le conducteur dévisagea Mercier d'un air peu amène avant de poursuivre sa route, son rap de paumé en bandoulière. Contraste saisissant que cette cohabitation fugace, les naufragés de l'école républicaine reconvertis en chauffeurs-livreurs d'un côté, de l'autre les survivants d'une bourgeoisie en sursis, vouée à la disparition pour cause de moyens trop moyens. Sa place était certainement quelque part, entre ces deux extrêmes, mais où ?

Il fut rejoint sur le trottoir par un personnage haut en couleur, le cou décharné maladroitement caché par un foulard de soie, gilet assorti, veste en velours à losanges rouges et verts, pantalon de golf façon Tintin-reporter surplombant une paire de mi-bas Burlington. Le total look, époque indéterminée. S'approchant de Mercier, seule âme qui vive entre les rangées de poubelles et les lumières de la galerie, l'extraverti engagea la conversation :

– Vous êtes un ami de Brigitte ?

– Ami c'est beaucoup dire, plutôt une connaissance.

– Vous faites quoi dans la vie ?

Mercier, voulant se débarrasser de l'importun, répliqua :

– J'essaye de repérer les cons avant qu'ils n'ouvrent la bouche…

Se demandant si c'était du lard ou du cochon, son interlocuteur, un temps muet pour ne prendre aucun risque, ne se démonta pas et finit par lâcher :

– Et alors ?

– Vous êtes suspect, répliqua Mercier…

Arlequin battit en retraite, décontenancé par l'agressivité de ce jeune crétin mal embouché. Un cri mit un terme au silence gêné qui s'était établi, puis un autre. Ça venait de l'intérieur. Un rongeur (une grosse souris, un petit rat, la chose n'était pas établie) s'était faufilé dans la galerie, sans doute attiré par les restes de canapés tombés au sol ; ce soir, c'était la fête pour tout le monde. Un par un les invités sortaient sur le trottoir, laissant les responsables chasser l'intrus, qui se faufilait sous les tréteaux, entre les cadavres de champagne et les plateaux vides posés à même le sol. À contre-courant, Mercier pénétra dans la galerie, où deux serveurs tentaient de piéger l'animal avant qu'il ne se glisse sous une porte et ne trouve refuge dans un recoin inaccessible. Sans nécessairement être amateur de natures mortes, le rongeur pouvait nuitamment exercer ses talents sur les toiles exposées, le danger était à la mesure de l'ardeur déployée pour lui faire passer le goût de la peinture du XXe siècle.

Mettant à profit la confusion générale et maintenant seul dans la pièce, Mercier s'approcha de la jeune fille, qui ne cessait de le fixer depuis qu'il était entré, enjamba la partie inférieure du cadre et pénétra dans le tableau. La copine de pension céda sa place, Mercier vint se placer à côté de sa fiancée, légèrement en retrait, et prit la pose. Le tableau s'intitulait à présent Adam et Ève[1]. La substitution n'interpella personne, il aurait fallu quelque chose de gros, d'énorme, un Indien à plumes, une majorette, le pape, pour déstabiliser ce public que le réalisme-synthétique, de toute évidence, laissait de marbre. Les invités regagnèrent les abords du buffet, reprirent leur conversation là où ils les avaient arrêtées, jusqu'à épuisement des petits fours.

Quand le rideau fut abaissé, enfin seules, les blattes reprirent leur copulation besogneuse et Mercier, qui avait enfin trouvé l'âme sœur – Ève, pas n'importe qui – dut reconnaître que sa propre nudité, exposée aux regards de tous pour les siècles à venir, le dérangeait beaucoup moins qu'il ne l'avait craint. Les êtres suspicieux qui ne manqueraient pas d'inspecter la toile en seraient pour leurs

1. *Adam et Ève*, huile sur toile de Robert Humblot, 200 x 130 cm, 1950.

frais : Bob[1] avait prévu le coup et pudiquement rameuté un rameau d'olivier pour Adam, une main judicieusement disposée pour Ève. Un amour chaste et pur[2], loin des mesquineries marchandes de ces êtres périssables, qui dorénavant seraient observés par leurs deux regards ironiques…

1. Robert Humblot dit « Bob ».
2. Référence au *Faust* de Gounod : « Salut, demeure chaste et pure. »

Un autre monde

Il ne les avait pas vus se poser. Derrière la haie, il distinguait bien çà et là quelques hublots baignés d'une étrange lumière bleutée, mais les petits malins avaient pris soin de soustraire aux regards le plus gros de leur engin spatial. Tout au plus pouvait-il apercevoir par endroits le reflet blanc brillant de leur vaisseau, sans doute un alliage inconnu sur terre. Ce n'était manifestement pas des néophytes, ils n'en étaient pas à leur coup d'essai et prenaient toutes les précautions d'usage. Il aurait été bien incapable d'expliquer pourquoi, mais au fond de lui-même il savait que ça arriverait un jour, qu'il recevrait la visite des petits hommes verts, qu'ils se poseraient au milieu des pâtures, la nuit, sans un bruit, comme toute soucoupe qui se respecte. Peut-être parce que sur le plateau, la nuit, on voyait parfaitement les étoiles, ses copines de solitude, si lointaines et pourtant si fidèles, et parce que sur le plateau, la nuit, il n'y avait rien d'autre à faire qu'à penser. Il leur avait donné un petit nom, un petit nom bien à lui, pas un de ces noms incompréhensibles que l'on trouve dans les livres. Chaque soir de beau temps elles lui parlaient, lui racontaient une histoire de là-bas, lui livraient les clefs de ces mondes mystérieux où technologie et sagesse régnaient en harmonie, le temps suspendu dans une extase génétiquement modifiée. Des êtres diaphanes à la jeunesse éternelle survolaient des paysages savamment arrangés, la nature artificielle parfaitement maîtrisée, constante, baignée de la lumière euphorisante de couchers de soleil sans fin.

Rex ne cessait d'aboyer. Ça remuait pas mal aussi dans l'étable, il pouvait entendre les coups de sabot jusqu'ici. Pierre Mercier, dit Pierrot, fit coulisser la baie vitrée du salon, rappela son berger d'Auvergne, qui, les oreilles couchées et la queue basse, s'épuisait en allers-retours nerveux sur la trentaine de mètres qui séparaient la maison des noisetiers. Sur le pas de la porte, le chien marqua un temps d'arrêt, reniflant vers l'intérieur de la pièce, se mit à gémir et se coucha au pied de son maître. Mercier le rassura d'une caresse sur la tête, rapidement doublée d'une série de tapes affectueuses sur le flanc, accrocha la laisse à son collier et l'entraîna dans l'escalier, direction le sous-sol, où il ne pourrait plus effrayer ses nouveaux amis, ses premiers touristes de l'espace. Il fallait les comprendre, ces martiens, Rex n'avait pas l'air commode dans ces moments-là, et à leur place Pierrot en aurait fait autant, il aurait attendu que ça se calme, il ne serait pas sorti tout de suite.

Pierre Mercier ne recevait que de rares visites dans sa petite exploitation, perdue au milieu de nulle part, entre Collandres et Trizac[1], et passait plus de temps à parler à ses vaches et son chien qu'à ses semblables. En été ça allait encore, mais l'hiver c'était dur, quand l'Ecir[2] effaçait les routes, le coupait du monde, de celui-là et des autres, le plafond neigeux le privant de toute évasion cosmique, plus de copines à qui parler, pendant des semaines parfois. Ce soir, à quelques jours de Noël, c'était le plus beau cadeau dont il pouvait rêver, de la compagnie, qui plus est des martiens. Encore fallait-il que les petits hommes verts se manifestent.

Du côté de la soucoupe ils n'avaient pas l'air pressés, rien ne bougeait, toujours ces lumières qui clignotaient, pas un bruit. Maintenant que le grand jour était arrivé, Pierrot passait alternativement d'une jambe sur l'autre, un peu intimidé en fin de compte. Pas du tout impressionné par la performance technologique, mais alors pas du tout, pas inquiet non plus quant aux véritables intentions de ces extra-terrestres ; il n'avait simplement pas l'habitude de recevoir. Qu'est-ce qu'il allait bien pouvoir leur proposer, qu'est-ce qu'ils prenaient à l'apéro, il n'avait pas grand-chose à part une vieille liqueur de

1. Dans le Cantal, l'un des plus grands espaces non habités d'Auvergne.

2. Vent glacial, qui pousse la neige et forme des congères sur les hauts plateaux du Cantal.

Salers[1], de quoi allaient-ils parler ? Est-ce que seulement ils parlaient ? Et s'il n'y avait personne dans le bastringue, ou si finalement ils se ravisaient, s'il n'était pas assez bien pour eux, s'ils ne sortaient pas ?

Il eut la nette impression que ça bougeait derrière la haie, des ombres, des reflets. Une partie de la coque s'entrouvrit avec précaution, comme au ralenti. Une lumière douce inondait l'intérieur de l'habitacle ; tout d'un coup il les vit. Ils étaient deux, de forme humaine, une bonne tête de plus que lui, du genre costauds, dans une tenue entièrement blanche des pieds à la tête. Pas petits, pas verts, pas les yeux rouges, plutôt rassurants, somme toute une bonne surprise. Les deux silhouettes se mirent en marche dans sa direction, toujours aussi lentement, pour ne pas l'effrayer sans doute, deux mains gantées bien en évidence, dans ce qui semblait être un geste d'apaisement. Il aurait peut-être dû garder Rex à ses côtés. Un peu inquiet, Pierrot reprit le couperet de boucher qu'il tenait en main à l'arrivée du vaisseau spatial, ce qui le rassura et lui donna enfin une contenance. Les deux martiens marquèrent un temps d'arrêt et parurent se concerter.

– Bonjour ! dit M. Gauche,

– Bonjour ! dit M. Droite.

Leur traducteur automatique était parfaitement au point, signe d'une civilisation avancée, et si la suite

1. Plus ancienne liqueur de gentiane du Massif central, distillée à Turenne (Corrèze).

était à la hauteur, ça valait la peine d'avoir attendu si longtemps.

– Bonjour messieurs ! répondit Pierrot, sur un ton qui se voulait tout à la fois jovial et solennel, conscient d'entrer dans l'histoire de l'exploration universelle, sur les traces d'un Livingstone ou d'un Cortès.

Il avait dit messieurs comme il aurait dit mesdames, il n'avait aucune idée sur la question, les deux se ressemblaient, c'est tout. Apparemment il avait gagné son pari, ça n'avait choqué personne, pas de réaction offusquée. Pierrot essaya de se remémorer tout ce qu'il avait préparé au cas où, mais dans la circonstance il avait l'esprit un peu embrouillé, sous le coup de l'émotion tout se mélangeait dans sa tête. Qu'est-ce qu'il allait bien pouvoir leur dire à ces deux-là ? Et eux, qu'est-ce qu'ils allaient bien pouvoir lui demander ? Faudrait pas que ça soit trop compliqué non plus, s'ils voulaient avoir des réponses. Et finalement pourquoi lui ? Il avait bien feuilleté quelques journaux par-ci par-là et regardé deux ou trois émissions plus ou moins sérieuses sur le sujet, mais il était loin d'être le grand manitou des OVNIS en Auvergne. Peut-être allaient-ils lui proposer un tour de soucoupe pour détendre l'atmosphère ? Pourquoi feraient-ils ça d'abord ? Peut-être venaient-ils faire leurs courses, discrètement, on parlait bien d'enlèvements, les spécialistes appelaient ça l'abduction, fallait pas rigoler avec, quand ils revenaient c'était plus que des légumes, à ce qu'on disait. Peut-être allaient-ils lui confier un secret, un truc qui allait se produire, lui seul serait au courant, il prouverait au monde entier qu'il n'avait pas rêvé, qu'une soucoupe s'était bien posée dans son champ, que les aliens lui avaient bien causé, à lui, Pierre Mercier, dit Pierrot, natif de Marcombes, Cantal, France. Un instant il pensa qu'il pourrait attraper son portable et les prendre en photo, mieux même, les filmer, mais bon Dieu de bon Dieu il n'arrivait pas à se souvenir de l'endroit où il l'avait remisé. De toute façon, depuis le temps, la batterie devait être à plat.

Arrivés à quelques mètres à peine, les deux spationautes s'écartèrent, Droite continuant d'avancer. Pierrot frissonna. Dans l'embrasure de la porte, un petit courant d'air frais remontait sous le seul tablier en plastique dont il était vêtu. Il se demanda s'il ne devait pas aller à la rencontre du deuxième type, Gauche, celui qui maintenant allongeait les bras vers lui, posant avec précaution un pied devant l'autre, lentement, très lentement, comme à l'approche d'un molosse assoupi.

Venant de la soucoupe, une lueur aveuglante illumina la façade de la maison. Pierrot recula d'un pas, convertit son avant-bras en visière improvisée pour ne pas quitter des yeux son martien, qui à présent se découpait en ombre chinoise, face à lui. Gauche en profita pour se rapprocher. Ils n'étaient pas causants ces deux touristes de l'espace, il allait bien falloir prendre une décision. D'un geste adroit, se tournant légèrement vers l'intérieur de la maison, Pierrot jeta son couperet sur la grande table de ferme qui trônait au milieu de la pièce. Le hachoir atterrit à côté d'une main aux doigts boudinés, déformés par l'accumulation de bagues de pacotille, glissa sur le plateau ensanglanté avant de terminer sa course coincé sous une tête inclinée de côté, lèvres entrouvertes, le regard vide. À présent tous deux face à lui, les martiens lui tendirent une combinaison et l'aidèrent à l'enfiler, sans un mot. Peut-être un peu fine pour la saison, avec une curieuse façon de croiser les manches sur le devant, pour les ramener ensuite en arrière. L'hypothèse du tour en soucoupe prenait néanmoins de la consistance.

Les deux infirmiers entraînèrent Pierrot vers l'ambulance garée derrière la haie, dont le gyrophare faisait écho à ceux des véhicules de la gendarmerie, un peu plus loin en contrebas. Des ombres se faufilèrent à l'intérieur de la maison, pour en ressortir aussi vite qu'elles y étaient entrées, penchées en avant, main devant la bouche, secouées par de violents spasmes. Pierre Mercier n'opposa pas de résistance. Sourire aux lèvres, des étoiles plein les yeux, il ne fit aucune difficulté pour prendre place à l'arrière du fourgon, qui ne tarda pas à reprendre le chemin de terre pour rejoindre la départementale.

À l'avant, les deux aliens d'un soir échangeaient des plaisanteries sur l'état mental de leur passager, allongé à l'arrière, immobilisé par de larges sangles, entravé par sa camisole, shooté aux tranquillisants, hors d'état de nuire.

À la sortie d'un petit bois, la fourgonnette dut ralentir. Un alignement de feux à éclat, qui défilaient inlassablement, barrait la route. Droite et Gauche se regardèrent, surpris, ils n'avaient pas le souvenir de quelconques travaux à cet endroit. Le moteur cessa de fonctionner, les phares s'éteignirent. Une lueur aveuglante envahit soudain l'habitacle. L'avant-bras replié devant le visage en guise de pare-soleil, les yeux plissés fixant le bas-côté de la route, les deux infirmiers tentaient de comprendre à qui ils avaient affaire, à cette heure de la nuit, sur cette route déserte. Passé un moment, n'entendant rien et ne voyant personne, Droite et Gauche sortirent du fourgon, les mains bien en évidence ; une bavure était si vite arrivée. Ils entendirent la double porte s'ouvrir à l'arrière du fourgon. Pierrot-le-Fou passa devant eux et s'arrêta quelques mètres plus loin, au beau milieu de la départementale. Les feux se mirent à défiler de plus en plus vite, pour ne plus former qu'une ligne jaune-orangé, qui prit de l'altitude et s'immobilisa une dizaine de mètres au-dessus de la route. Pierrot s'envola à la verticale et plongea la tête la première dans la partie haute de ce qui semblait être une sphère de quatre à cinq mètres de diamètre[1]. L'instant d'après l'engin avait disparu sans un bruit, la route à nouveau plongée dans l'obscurité. Les phares du fourgon reprirent du service, puis le moteur, qui ronronnait à présent au ralenti, dans l'ignorance complice de cet interlude inhabituel. Les véhicules de gendarmerie, qui en avaient fini avec la scène d'horreur, se rangèrent derrière le fourgon psychiatrique. Les deux portes arrière grandes ouvertes donnaient à voir le brancard vide, duquel pendaient, de part et d'autre, de larges sangles visiblement maltraitées. L'un des gendarmes descendit et tenant d'une main la portière ouverte interpella Droite et Gauche :

– Eh, là-bas, qu'est-ce que vous foutez au milieu de la route, il y a un problème ? Il est où votre gugusse ? Il pouvait pas attendre Riom[2] pour aller pisser ?

N'obtenant pas de réponse, le gendarme remonta le long du fourgon. Dans la lueur des phares, Droite et Gauche, immobiles, le nez en l'air, ne semblaient pas l'entendre.

– Qu'est-ce que vous foutez les gars, on va pas y passer la nuit, il est où le demeuré ?

---

1. En référence à la « rencontre de Cussac », rencontre rapprochée d'un frère et d'une sœur avec un OVNI et ses occupants en août 1967 à Cussac (département du Cantal). Aux dires des enfants, les « petits êtres » s'envolèrent à la verticale et plongèrent, la tête la première, dans la partie haute de la sphère, qui ne tarda pas à s'élever.
2. Riom-ès-Montagnes : commune du Cantal à l'origine de plus de la moitié de la production du Bleu d'Auvergne ; accueille une brigade de gendarmerie.

N'obtenant toujours pas de réponse, le gendarme contourna les deux statues, qui à cet instant seulement baissèrent la tête dans sa direction. Il réitéra sa question, un ton plus bas :

– Bon, il est où votre gars ?

Les deux ambulanciers, sans même se concerter, levèrent le bras et du doigt désignèrent la lune. Puis regardant le gendarme, tous deux hochèrent la tête de manière synchrone, comme s'ils n'étaient tous les deux qu'un seul et même corps.

– Arrêtez de déconner, il est où ?

Le bras toujours tendu, les deux clones désignèrent à nouveau la lune.

Le gendarme retourna vers ses coéquipiers et leur fit un rapide topo de la situation : Pierrot-le-Fou était en cavale, les deux crétins qui l'avaient laissé filer n'avaient rien trouvé de mieux que de lui refaire le coup des martiens : ils étaient bons pour la camisole ou les bracelets ; il fallait se décider…

Visite médicale

– Monsieur Bouchard, s'il vous plaît ? Venez avec moi ; entrez dans la cabine, déshabillez-vous, gardez les chaussettes et le caleçon, et attendez que je vienne vous ouvrir de l'autre côté.

Dans sa blouse de coton blanc, Karine Mercier inspirait la sympathie. Sa blondeur *tie and dye*[1] et ses grands yeux de poupée Barbie complétaient le côté bienveillant de sa fonction : médecin du travail. Dans l'imaginaire collectif, en provenance directe des contes enfantins, les blondes étaient réputées plutôt douces, les brunes plutôt vénéneuses. C'était injuste pour les brunes, mais Walt Disney[2] avait fixé les règles une fois pour toutes et les tentatives du cinéma hollywoodien[3] pour inverser la vapeur avaient

1. Technique de coloration des cheveux.
2. 1937 : apparition de la première méchante en brune, la reine Grimhilde, dans *Blanche-Neige et les sept nains*, qui sera suivie par Maléfique, dans *La Belle au bois dormant* et par Cruella, dans les *101 Dalmatiens* ; etc.
3. Avec Lana Turner, dans *Le facteur sonne toujours deux fois*, puis avec Hitchcock, Godard, de Palma, Lynch, etc.

fait long feu. Un léger embonpoint rendait aléatoire toute estimation de son âge, dans ce temps suspendu au-dessus de la quarantaine, avant la plongée inévitable vers la palette des rides ou les arcanes de la chirurgie. Rascasse ou mérou, ce choix subaquatique pouvait encore attendre, contrairement aux sirènes des trente-cinq heures, dont le chant avait su très tôt la convaincre. Le défilé programmé des patients, pour la plupart en bonne santé, avait fini d'enterrer l'ambition professionnelle de Karine Mercier, anesthésiée à petites doses par cet enchaînement bien huilé. Un renvoi vers la médecine de ville au moindre soupçon, aucun risque côté clientèle, la visite médicale était obligatoire. À lui seul le terme de « visite » résumait bien la nature de la prestation : le survol à haute altitude de la santé du salarié, dans le prolongement de la médecine scolaire, parfois prétexte à causerie selon l'humeur du jour et l'intérêt porté à la personne du moment. Bref, la planque.

– Je ne trouve pas votre dossier, monsieur Bouchard ; je ne le trouve pas ! Vous étiez venu nous voir il y a quatre ans ?

– Non, il y a quatre ans ils m'avaient convoqué à Clichy ; j'étais vigile chez L'Oréal, mon dossier est peut-être resté là-bas ?

– Il a dû se perdre ; c'est sûr, il a dû se perdre ! Ça n'aurait rien d'étonnant, ça arrive souvent chez nous. Du reste ça n'a pas grande importance, nous passons à l'ère du numérique, il était temps, me direz-vous, il aurait fallu que je le refasse de toute façon. Votre prénom n'a pas changé, monsieur Bouchard, toujours Gérard je suppose ?

– Vous plaisantez docteur, mais franchement y a pas de quoi ! C'est le problème des prénoms en « ard » ; un suffixe péjoratif[1] paraît-il, comme « connard ». À la mairie ils devaient forcément le savoir, ils auraient pu en toucher un mot à mes parents, deux fois « ard » ça fait beaucoup quand même !

– Monsieur Bouchard, monsieur Bouchard ! il ne faut pas dramatiser, ce n'est pas comme si vos parents vous avaient baptisé Adolf ou Benito !

– J'ai pas dit ça, docteur ! Disons que c'était pas top, mais que je m'étais fait une raison. Et puis Coluche s'est pointé avec son « Gérard[2] » estampillé fils d'alcoolo : la misère pour tous les Gérard ! D'un seul coup, dès qu'ils m'apercevaient, les copains se mettaient à gueuler GÉRARD !, sur le ton du paternel aviné. Au début c'était marrant, mais au bout de trois mois, je faisais un large détour quand la bande se pointait !

– Je vois je vois ! Vous étiez petit, c'est du passé, maintenant !

– Attendez, ça, c'était juste l'apéro ; en 2002, on est passé à table ; plus exactement au lit, d'ailleurs !

---

1. Suffixe « ard », qui exprime la désapprobation ou le mépris, comme « asse » (conasse, vinasse) ou « aud » (lourdaud, salaud).
2. *Tel père tel fils*, 1975.

Gérard Bouchard et le téléphone rose[1], ça vous parle ? Tous les Gérard Bouchard sont devenus alcooliques *et* sexuellement déprimés en l'espace de cinq minutes ; vous vous rendez compte ? Ah, et j'oubliais les « Gérard[2] » de la télé ! Aujourd'hui, quelqu'un qui appelle son gosse Gérard, c'est qu'il lui veut du mal ; vous imaginez un peu le désastre ?

– J'imagine, oui, j'imagine… Bon, à part vos problèmes d'état civil, rappelez-moi vos antécédents : des opérations ? Non ? Et en ce moment, est-ce que vous suivez un traitement ? Non ? Vous avez été malade récemment ?

– En ce moment je tousse, j'ai la gorge qui me gratte…

– Monsieur Bouchard, monsieur Bouchard ! Je vous parle de maladie, de quelque chose de grave, pas d'un rhume ou d'une bronchite !

– Qu'est-ce que vous entendez par grave, alors ?

– Grave ! Mais grave, ça peut être plein de choses, monsieur Bouchard. Grave, c'est le cancer ou le sida, vous voyez ? Grave, c'est l'infarctus, l'AVC, voilà ce que c'est, grave, monsieur Bouchard. Quand on s'en sort, on s'en souvient, vous voyez ? Donc je répète ma question, vous est-il arrivé quelque chose de grave ces temps-ci ?

---

1. Jean-François Dérec, 2002.
2. Cérémonie satirique qui raille les pires programmes et animateurs de la télévision française, en parodiant les codes des cérémonies du type *Sept d'Or* et César.

– Non, bon alors rien de grave docteur, des problèmes d'estomac, mal aux genoux, des…

– Je vous coupe, monsieur Bouchard, je vous coupe ! Il faut regarder les choses en face : les petits problèmes du quotidien, c'est juste un début ; il faut vous faire à l'idée, ça ne va pas aller en s'arrangeant. Tiens, en attendant, voulez-vous monter sur la balance, je vous prie ? Voilà ; oui, bien au milieu ; combien ?

– Cent deux kilos.

– C'est un peu trop, ça, monsieur Bouchard, un peu trop ! Cent deux kilos pour 1,86 mètre, il va falloir songer à faire un petit régime, hein ! Vous faites un peu de sport ?

– Avec le métier que je fais, franchement, j'ai pas trop le temps !

– Tout le monde dit ça, monsieur Bouchard, tout le monde dit ça ! vous faites quoi en ce moment, je ne l'ai pas noté tout à l'heure ?

– Je suis vigile aux Galeries Lafayette. On ne bouge pas beaucoup dans ce métier, vous savez, je passe mon temps le nez sur des sacs à main et des sacs à dos, à gesticuler avec mon détecteur qui, entre nous, ne sert pas à grand-chose. Pour tout vous dire, je piétine toute la journée à peu près deux mètres carrés du même carrelage. Le soir, j'ai les jambes qui pèsent deux tonnes !

– Levez-vous, monsieur Bouchard, levez-vous ! Tournez-vous que je regarde vos jambes ; effectivement, la stase veineuse est bien visible…

– On parle de quoi, là, docteur ?

– De varices, monsieur Bouchard, de varices ! Je vous rassure, ça touche aussi les hommes, il n'y a pas de honte à avoir ; certains en ont dès l'âge de vingt ans, ça dépend des personnes !

– Ça me fait une belle jambe, si j'ose dire ; qu'est-ce qu'il faut que je fasse ?

– Pas d'inquiétude, monsieur Bouchard, pas d'inquiétude ! Prenez rendez-vous chez un phlébologue ; avec des veinotoniques et des bas de contention, ça devrait s'arranger. Ne faites pas cette tête, monsieur Bouchard, des bas, c'est comme de grandes chaussettes, ça ne remet pas en cause votre virilité ! Et si ça ne suffit pas, il existe des traitements au laser ; au pire une phlébectomie[1] ou un stripping[2] ; c'est courant maintenant.

– Oui, bon, on verra…

– C'est dans votre intérêt, monsieur Bouchard, dans votre intérêt ! En attendant, mettez la main gauche devant l'œil gauche et regardez le tableau derrière moi ; qu'est-ce que vous lisez, en commençant par la ligne du haut ?

– M, R, T, V, F,

– L'œil droit, monsieur Bouchard, l'œil droit !

– M, R, T, V, F…

---

1. Traitement chirurgical des varices.
2. Crossectomie des veines saphènes ; technique aujourd'hui de plus en plus délaissée au profit de l'ablation thermique par laser ou radio-fréquence.

– Parfait parfait ! Prenez cette tablette par la poignée, pouvez-vous me lire le texte écrit en tout petit, en bas ?

– « Fable, en laquelle, parmi quelques exemples qu'on peut imiter »…

– L'autre œil, maintenant, l'autre œil ; lisez la suite !

– « On en trouvera peut-être aussi plusieurs autres[1]… »

– Le discours de la méthode, monsieur Bouchard, le discours de la méthode ; Descartes, ça vous parle ?

– De quoi ?

– Laissez tomber, monsieur Bouchard, laissez tomber ! Bon, vous allongez les bras, c'est net, il va falloir prendre rendez-vous ; pour le moment ça va encore, mais vous aurez bientôt besoin de lunettes pour lire ; c'est normal à votre âge. Vous pouvez même vous estimer heureux, chez certains ça commence à quarante ans !

– Si je comprends bien, docteur, vous me trouvez plein de trucs qui ne vont pas, et il faudrait en plus que je sois content ! Vous êtes sérieuse ?

Deux coups frappés à la porte du bureau voisin mirent fin à la batterie de tests. Cette simple répétition, « toc-toc », qui faisait écho à la manie qu'avait Karine Mercier de doubler l'entame de chacune de ses phrases, interrompit comme par enchantement

1. Extrait du discours de la méthode, figurant sur l'échelle Parinaud, qui mesure l'acuité visuelle de près.

ce tic infernal. Une jeune femme en blouse blanche, probablement l'assistante, pénétra dans la pièce et se pencha à l'oreille du médecin, qui regarda soudain son patient fixement. Sans précaution oratoire, Karine Mercier poursuivit sur un ton de reproche :

– Monsieur Bouchard, vous avez du sang dans les urines ! Ce n'est peut-être rien, inutile de vous affoler, la bandelette est extrêmement sensible, mais il faudra faire contrôler ça rapidement ; je compte sur vous !

– Ah bon, qu'est-ce que ça veut dire ?

– Ça peut venir des reins, de la vessie, mais bon, vous ne fumez pas, c'est déjà ça ; ça peut aussi venir de la prostate ; mais vous êtes un peu jeune pour la prostate.

– Et c'est grave ?

– Il faut faire contrôler ça rapidement, sans vouloir vous inquiéter ! Je le note dans votre dossier. Au passage, vous en profiterez pour regarder où vous en êtes côté cholestérol, je vous fais une ordonnance.

Karine Mercier entreprit de noter la remarque dans le dossier informatisé. Tant qu'il avait été question de cocher des cases ou de reporter des chiffres, elle avait maîtrisé le sujet, la souris et le clavier se comportaient comme prévu. Mais là, elle ne se souvenait plus de ce que le formateur avait dit. Comment ouvrir une fenêtre supplémentaire dans ce foutu logiciel, juste en dessous de la case du test d'urine ? Après avoir pesté à voix haute contre cet ordinateur qui s'obstinait à lui refuser une chose aussi simple que d'écrire trois mots, Karine Mercier reprit, souriante mais contrariée :

– L'informatique, c'est certainement l'avenir, mais au présent c'est compliqué, surtout quand on débute. Je finirai de remplir votre dossier plus tard (comprendre : l'assistante fera le nécessaire).

Puis, reprenant la conversation là où elle l'avait laissée, c'est-à-dire devant la porte des Galeries Lafayette :

– Et comment ça se passe dans le travail, en ce moment ?

– Les fêtes de Noël sont passées, on a eu pas mal de monde, mine de rien ; maintenant c'est les soldes, il y a encore beaucoup de boulot. La direction du magasin a toujours peur d'une attaque de gilets jaunes, d'une bombe planquée quelque part, d'un cinglé avec un couteau. Il faut rester concentré en permanence, tout le monde est tendu ; le soir je suis crevé.

– Oui, je vois ça. Vous avez l'impression qu'on vous met la pression, qu'on vous harcèle ?

– Non, pas vraiment, c'est le métier qui veut ça, les gens n'aiment pas qu'on les fouille. Surtout les Français ; les touristes, en général, sont plus compréhensifs...

– Bon, très bien ; et à la maison comment ça se passe ?

– Il y a quelque temps je vous aurais répondu que c'était Beyrouth, j'étais en plein divorce, mais ça c'est du passé, heureusement. Dans mon nouveau job, j'ai rencontré quelqu'un ; elle travaille au rayon parfumerie, juste à côté de l'entrée, celle qui donne sur la rue de la Chaussée d'Antin. C'est là que je passe mes journées, en haut des marches. Ça fait six mois maintenant qu'on est ensemble, et ça se passe super bien, elle est discrète, souriante, gentille. Plus jeune aussi ; bref ça me change...

– Tiens, à propos de sourire, ouvrez la bouche, monsieur Bouchard ; dites-moi, il y a longtemps que vous n'êtes pas allé chez le dentiste ? Il faudrait prendre soin de vos dents, c'est important !

– Je sais, je sais !

Se rendant compte qu'il venait de reprendre par mégarde le rebond maniaque de son interlocutrice, Gérard Bouchard rougit imperceptiblement et se crut obligé de formuler de vagues excuses, que Karine Mercier prit heureusement pour une tentative maladroite de justifier une hygiène dentaire négligée. Puis il reprit :

– Le problème, c'est que j'habite loin, les dentistes sont fermés quand je rentre le soir. Il faudrait que je pose un jour de congé, mais en ce moment il y a pas mal d'absents, ma femme m'encourage à faire des heures sup, du coup ça ne me laisse pas beaucoup de temps...

– Vous savez, il y a beaucoup de dentistes dans le secteur, il n'y a pas que les Grands Magasins, c'est aussi un quartier de bureaux, ils ne sont pas plus chers qu'ailleurs !

– Vous avez peut-être raison docteur, je vais demander à ma femme de m'en trouver un dans le coin ; elle vient juste de rentrer, elle était partie trois semaines dans sa famille, pour les fêtes.

Karine Mercier regarda sa montre et, tout en se levant, demanda par politesse :

– Ah oui, dans quelle région ?

– Vous ne connaissez pas ; une ville en Chine : Wuhan.

– Non, en effet, ça ne me dit rien. Vous pouvez retourner dans la cabine et vous rhabiller. Allez, monsieur Bouchard, prenez soin de vous, on se revoit dans quatre ans…

Après une dernière poignée de main, Karine Mercier fit entrer la personne suivante…

Service après-vente

Il avait combattu avec ténacité bien que sans bruit, mais le mal qui le rongeait venait de l'emporter. François avait fini par lâcher la rampe. Il s'était retiré dignement, dispensé de la mine défaite de ses ministres, d'une agonie publique. Paris n'était pas Versailles, la république avait au moins changé ça, on pouvait trépasser sans manières, en privé, sans avoir préparé quelques mots bien sentis destinés à son biographe. Il avait donc traversé le miroir sans tambour ni trompette, et passé le premier effroi, il s'était apaisé, rassuré par la conscience de sa propre mort : *cogito, ergo sum*[1]. Projection mentale ou réalité virtuelle, son nouveau chez lui se dessinait progressivement, finalement assez proche de ce que ses yeux avaient enregistré en dernier lieu, le décor de sa chambre de l'avenue Frédéric-Le-Play[2]. Changement notoire, il se sentait en pleine forme, légèrement ému tout de même mais prêt à bouffer du lion, un peu dans l'état d'esprit qui l'avait habité en remontant la rue

1. Je pense, donc je suis – Descartes.
2. Dernière adresse de François Mitterrand à Paris.

Soufflot, une rose à la main, puis plus tard sur les marches du Panthéon, seul face à la foule en liesse, le temps d'une *Marseillaise*. Aujourd'hui, il n'avait personne avec qui partager ce moment fort, cette résurrection, qui, si ce n'était celle du corps, était visiblement celle de l'esprit.

À peine cette image eut-elle traversé sa pensée qu'un angelot franchit le seuil de ce qui aurait pu être une porte, s'il n'avait été aussi facile de s'en affranchir. C'était une sorte de chérubin, comme il y en avait tant accrochés au plafond de la chapelle Sixtine ; Michel-Ange n'avait rien inventé. Ces blondinets joufflus aux ailes courtes n'étaient donc pas nés de l'imagination de l'artiste ou soufflés par son commanditaire, Jules, pape deuxième du nom, mais tout simplement l'expression de la réalité, celle d'après, beaucoup plus simple à peindre pour qui en avait eu la vision.

François ne laissa rien paraître de sa surprise, afficha ce qu'il pensait être un sourire (que faire d'autre en la circonstance ?), et attendit que le nouveau venu se manifestât, ce qui ne prit qu'un instant :

– Bonjour François, je suis Assarim[1], l'ange de la juste répartition des dons ; tout va bien ? Vous êtes content de vos appartements ?

1. Selon la tradition chrétienne, chacun de nous serait doté d'un ange gardien. Des calendriers astrologiques ont par conséquent fleuri, attribuant à chaque jour de l'année un ange, doté d'une « fonction » ou de « qualités » précises.

Juste répartition des dons, juste répartition des dons, qu'est-ce que c'est encore que ces salades ? Sur le moment, François estima que les compétences de cet angelot avaient un rapport avec les largesses sociales dont lui-même avait fait preuve à ses débuts, nationalisation des banques, réduction du temps de travail, cinquième semaine de congés payés, mise en place de l'impôt sur les grandes fortunes, retraite à soixante ans. Puis il fut gagné par le doute et se demanda si, sous son air poupon, Assarim ne pointait pas du doigt sa volte-face de mars 1983, lorsqu'il avait mangé son feutre noir devant tous les Français en annonçant le tournant de la rigueur. Dubitatif, il répondit simplement à la question posée, comme si de rien n'était :

– Eh bien écoutez, oui, merci ! En vérité ça ne me change pas beaucoup de ce côté-là, j'ai l'impression d'être encore chez moi !

– Nous sommes très attentifs à ne pas déstabiliser les nouveaux arrivants. Vous verrez, dans quelque temps tout ça n'aura plus guère d'importance. Pour votre première journée, je vous emmène faire un tour, venez avec moi !

François franchit le seuil de sa nouvelle adresse et suivit le petit être dans ce qui pouvait être qualifié de large couloir, faute d'un vocabulaire approprié. Passant devant une de ces portes qui n'en était pas vraiment une, François demanda :

– Là aussi il y a quelqu'un, j'ai un voisin de chambre ?

– Oui, Jacques. Vous savez, Jacques, il est arrivé juste après vous… !

– Décidément il ne me lâche pas celui-là, ce n'est plus de la cohabitation, c'est de l'acharnement ! Et là-bas ?

– Valéry. En principe, il ne devrait plus tarder ; vous voyez, vous ne serez pas tout seul !

Nullement déstabilisé par ce voisinage présidentiel, une ambiance qui lui rappelait des souvenirs mitigés, François suivit sagement son guide ; pas moyen de faire autrement de toute façon. Remarquant un fond sonore des plus plaisants, François questionna son chérubin attitré :

– C'est curieux, ça ressemble à du Mozart, mais je ne reconnais pas ce passage ; de qui s'agit-il exactement ?

– Mozart en effet, il est resté un moment par ici et nous a gratifiés de plusieurs inédits de sa composition, des choses qu'il avait en tête mais qu'il n'avait pas trouvé le temps de coucher sur le papier : nous en profitons largement, cela va sans dire ! Vous n'avez peut-être pas fait attention, mais nous avons également les tout derniers Picasso, les célébrités nous gâtent ! D'une certaine façon, ça les rassure de poursuivre sur la lancée, mais nous ne sommes pas totalement naïfs, se cache souvent derrière tout ça une motivation moins noble, liée à l'incertitude quant au sort qui leur est réservé. Bref, ils fayotent un peu au passage, mais c'est bien compréhensible !

François avait compris le sens général du propos mais ne voyait pas en quoi il pourrait susciter l'admiration des foules célestes, la dissimulation et la roublardise n'ayant plus cours en ces lieux. Parvenu sur le seuil de ce qui aurait pu être le fruit du croisement d'un igloo géant et d'une maison bulle, il se retrouva seul. La voix de Simone Hérault[1], tout du moins sa version élyséenne[2], sans le sonal[3], l'invita à gagner le centre de l'espace visible. Il n'aurait su dire si ça venait de l'intérieur de sa tête, en admettant qu'il en ait encore une, ou si les paroles ruisselaient depuis la voûte qui le surplombait, façon terminal Air France, mais l'efficacité du procédé était indéniable. Devant lui le sol se relevait avec élégance pour former une sorte de puits ou de cratère, d'un blanc brillant immaculé, parfaitement lisse, une sculpture à la façon d'un Anish Kapoor, qui, tel un télescope, offrait une vue extraordinaire, quoique très éloignée, sur son terrain de jeu favori, la France. L'entité poursuivit :

– N'ayez pas peur, n'hésitez pas, zoomez, zoomez sur Paris. Bien. Longez la Seine vers l'est, rive droite, remontez encore… Bercy. Parfait, nous y sommes !

---

1. Animatrice de radio et comédienne voix *off*, connue pour être « la voix de la SNCF » ; impliquée dans l'association Lire autrement.

2. Dans le sens mythologique : qui appartient aux Champs-Élysées, séjour des bienheureux.

3. Jingle sonore qui précède les annonces vocales et marque l'identité de l'annonceur : SNCF, Aéroport de Paris, etc.

Entrez, entrez par la fenêtre, personne ne vous dira rien. Vous voyez le jeune homme, là, assis tout au bout de ce grand plateau de verre, c'est le ministre de l'Économie. Dans quelques jours, il va fonder son propre parti, En Marche, E.M. comme Emmanuel Mercier (décidément, ce garçon ne doute de rien), quitter le gouvernement, puis se lancer dans la course à la présidence d'un État en faillite[1] : ce sera votre protégé pour quelque temps.

– Comment ça, mon protégé ?

– Oui, c'est vrai, je vous dois une explication. À votre avis, comment vous venaient les idées, quand vous étiez aux affaires ?

– C'est une drôle de question, je ne sais pas, ça venait, c'est tout !

– Eh bien ça ne venait pas tout seul figurez-vous, la plupart du temps, c'est nous qui faisions le nécessaire. Vous, vous contentiez *d'avoir* l'idée, sans chercher à comprendre par quel mécanisme elle avait bien pu naître. Eh bien le mécanisme, c'est nous ! Mais attention, nous sommes deux sur le coup ! Nous, les gentils, en blanc, et ceux d'en face, les méchants, en noir. La concurrence, quoi ! Eux aussi peuvent vous souffler une idée à l'oreille, la mauvaise idée, celle qui vous mène droit dans le mur. Vous en savez quelque chose, monsieur le président, vous n'avez pas eu que de bonnes idées me semble-t-il ?

1. François Fillon, 21 septembre 2007 : « Je suis à la tête d'un état en faillite. »

– Vous savez (oui bien sûr vous savez) pour moi, le plus important, c'était d'accéder à la magistrature suprême et de m'y maintenir, quels que soient les détours et renoncements !

– Vous êtes un peu tous dans le même cas, les présidents, c'est pour cette raison que nous faisons appel à vos talents pour coacher les futurs locataires de l'Élysée. Pour commencer, vous ferez les nuits, en principe, c'est plus facile ! Je vous laisse, soyez attentif, on fera le point demain.

Le soir venu, François se percha sur l'épaule de Mercier et instilla une série de rêves des plus plaisants : vêtu d'un manteau sombre, il marchait à pas comptés dans la nuit parisienne, seul, la pyramide du Louvre en fond lumineux ; la France rayonnait de nouveau, cocorico ! Puis l'Europe se dotait d'un président, jeune, très jeune… François se demanda s'il n'y allait pas un peu fort pour une première fois, mais après tout pourquoi pas, Mercier aurait une pêche d'enfer à son réveil, même si l'expression n'était pas nécessairement la bienvenue.

Au sortir de sa permanence, il aperçut Jacques qui venait à sa rencontre à grandes enjambées. Pas moyen de l'éviter dans ce couloir. Il n'avait pas changé, toujours aussi grand, toujours aussi agaçant, le prototype du beau mec à la poignée de main facile, le sourire charmeur, l'air content de vous rencontrer. Si, quand même, il fallait bien l'admettre, il avait rajeuni.

– Alors Jacques, toujours la forme à ce que je vois ? Qu'est-ce que vous faites de beau ?

– Je coache, mon cher François, je coache. Tiens, ça va vous faire rire, un futur candidat à la présidence, Mercier, un jeune inconnu ; en ce moment, je lui fais la causette pendant la journée, c'est sympa, ça complote, j'adore !

François encaissa le coup sans broncher. Pour une mauvaise nouvelle, c'était une mauvaise nouvelle, Mercier allait y laisser des plumes, ça ne faisait pas un pli !

Et ça ne fit pas un pli. Dans son discours de Bobigny[1], le jeune énarque officialisait sa candidature, et parsemait son discours de cette formule qui ne le quitterait plus, « et en même temps », sans se douter une seule seconde que se poursuivait sur son épaule une bataille politique entamée dans les années 1980, et dont il allait désormais faire les frais…

1. Discours de lancement de campagne, au cours duquel Emmanuel Macron annonce sa candidature à la présidentielle de 2017.

Voyance

Immobilisée sur le terre-plein face à l'avenue Rachel[1], la petite roulotte attirait l'œil. Demba P-M Ndiaye avait longuement bataillé pour installer sa petite entreprise boulevard de Clichy. À cent mètres à peine du cimetière de Montmartre, il ne connaissait pas la crise, l'emplacement était idéal. Comme un phare dans la nuit, il attirait les désespérés, ceux qui cherchaient par tous moyens un dernier signe du cher disparu, prêts à croire n'importe quoi, ce dont Demba faisait justement commerce. Une immense pancarte déployée devant sa caravane annonçait la couleur : maître Paul-Mercier, contact avec les défunts, médiumnité magnétique, maîtrise des forces cosmiques, capte le fluide énergétique, analyse l'invisible. Pour rassurer sur la qualité du travail, il avait cru bon d'ajouter : efficace et sérieux, puissance et réussite. Prudent néanmoins, Demba devançait tout éventuel recours par l'entremise d'un astérisque, qui, renvoyant au pied de l'affiche,

1. Avenue d'une centaine de mètres, qui mène à l'unique entrée du cimetière de Montmartre.

autorisait une certaine approximation : « les résultats ne sont pas garantis et peuvent varier selon les individus et la situation ».

Parmi toutes ces facultés très largement surestimées, seule l'inscription « Paul-Mercier » pouvait être qualifiée de sûre, quoique de prime abord assez peu probable. De manière contre-intuitive, Paul-Mercier était l'un des petits noms officiels de ce colosse noir d'une quarantaine d'années. Demba père n'avait pas hésité à prénommer son troisième fils du nom complet de son employeur, Paul Mercier[1], autant pour flatter l'ego de ce dernier (un peu) que pour la gratification attendue en retour (surtout). Paul-Mercier était devenu le nom de scène de Demba, exotique pour un Sénégalais, mais neutre pour la clientèle.

Il avait exactement les mêmes pouvoirs que ceux qui s'aventuraient dans sa roulotte, c'est-à-dire aucun. Il était là pour écouter, sorte de confesseur laïque, sans *Pater* ni *Ave*, ce n'était pas son commerce. Neutres et bienveillants, tels étaient les fondamentaux d'un métier exigeant, qui demandait un joli talent de comédien doublé d'une belle capacité d'écoute, même s'il fallait parfois se pincer discrètement pour garder son sérieux. Le plus difficile dans l'exercice : convertir des visions fictives en prophéties sibyllines, adaptables à toutes les circonstances,

1. Anthropologue africaniste français, un temps en poste au Sénégal (1922-1976).

énoncées sur un ton péremptoire, le doigt pointé vers le demandeur, les yeux exagérément ouverts, comme possédé. L'accent très prononcé qu'il savait prendre dans ces moments-là, augmenté de quelques restes de Wolof pour plus d'authenticité, finissait de rassurer : la somme investie en début de séance était parfaitement justifiée.

Ce premier novembre il pleuvait, pour ne pas changer, mais la clientèle était au rendez-vous. Pour Demba, le jour des morts[1], c'était *la* journée à ne pas rater dans l'année. Dès qu'il aperçut Valentin et Camille, Demba comprit à qui il avait affaire. Il n'avait peut-être pas tous les talents vantés sur sa pancarte, mais au fil des ans, il avait acquis la faculté de cataloguer quiconque en un éclair, le temps pour le nouvel entrant de franchir le seuil et de s'asseoir face à lui. Souvent des femmes, confrontées au besoin urgent de dire enfin toutes les choses qu'une disparition soudaine avait empêchées. Parfois des petits cons, qui pensaient pouvoir se payer sa fiole pour pas cher, le piéger par des questions sur leur passé et ricaner dans son dos à peine sortis. Derrière un grand sourire jovial, ses yeux scannaient le jeune couple. Ce qui restait d'une feuille d'érable s'était détaché de la semelle du garçon quand il s'était frotté les pieds sur le grattoir. À coup sûr ils sortaient du

1. En réalité le jour de la Toussaint ; le jour des morts est célébré le 2 novembre, mais seule la Toussaint est officiellement fériée en France.

cimetière, pour partie planté d'érables, alors que le boulevard ne connaissait que platanes et micocouliers. Valentin, dans la trentaine, mince et délicat, avait le profil du jeune intellectuel, curieux de la dernière demeure d'un Berlioz, d'un Degas ou d'un Zola, contrairement à la fille qui l'accompagnait, que Demba sentait plus volontiers Fred Chichin ; à la rigueur France Gall. Tous partageaient la même adresse et ne pouvaient désormais plus se soustraire aux démonstrations affectives de leurs fans.

Valentin attendait le début de la séance. Il avait pris seul l'initiative de toquer à la porte de son avenir, c'était visible. Assise à son côté, Camille ne décollait pas de son portable, tête penchée sur l'écran, écoutant vaguement, peu intéressée par ce qui sortirait de cette visite improvisée. Paul-Mercier plaça une feuille de papier blanc sur la table, bien en face du garçon, 80 grammes sortis tout droit d'une ramette standard, lui fit poser la main gauche bien à plat en son centre, puis lui demanda de compter jusqu'à sept à voix haute. Sept, chiffre « magique », numéro fétiche, numéro chance, le sept faisait consensus. En tout cas il n'avait jamais eu de réclamation. Les yeux fermés, Paul-Mercier se lança dans une série de passes magnétiques, fit appel aux ancêtres en marmonnant quelques incantations divinatoires (en réalité la recette du mousseul de thiof[1])

1. Sorte de mérou à la chair ferme et fine ; entre dans la composition du plat national du Sénégal.

puis ordonna à Valentin de rapprocher lentement ses doigts, jusqu'à refermer complètement le poing. Paul-Mercier passa en mode imposition des mains, paumes immobiles au-dessus de la feuille froissée, dont les pliures[1] étaient censées dévoiler le futur du jeune couple. La fille jeta à peine un coup d'œil à la manœuvre, secouant imperceptiblement la tête sans même s'en rendre compte, ce qui ne manqua pas d'irriter le maître de cérémonie. Levant le regard et fixant Valentin droit dans les yeux, Paul-Mercier articula avec solennité la prophétie du jour, l'une de celles qu'il destinait habituellement aux sceptiques, les emmerdements finissant toujours par rattraper les plus chanceux comme les plus inconscients : « Avant peu, le ciel vous tombera sur la tête. » L'origine gauloise de la prédiction lui paraissait adaptée à la météo du jour qui prévoyait, plus tard dans l'après-midi, de violents orages mêlés de grêle ; prise au sens figuré, la promesse ferait écho à la première déconvenue. Sans risque donc, suffisamment inquiétante pour ne pas déclencher une avalanche de questions subsidiaires ; on en resterait là pour aujourd'hui. Le sombre présage effaça le sourire qu'affichait Valentin depuis le début de la séance. Camille, qui se souciait des visions de Maître Paul-Mercier comme de sa première tétine, fourra son portable dans son sac, se leva d'un bloc, ouvrit la

1. Papyromancie : art divinatoire hérité de l'Égypte antique, qui consiste à plier un papier pour en interpréter la forme ensuite.

porte et sortit. Valentin se fendit d'un sourire poli, de quelques mots de remerciement et d'une poignée de main mollassonne, avant de suivre le même chemin, les automatismes d'une bonne éducation dont la partie féminine du couple n'avait visiblement pas bénéficié.

Songeur, Demba ne put s'empêcher d'imaginer le quotidien de ce tandem mal assorti. Certainement leur première expérience à deux, en réalité deux individualités côte à côte, toute la différence entre couple à l'essai et colocation qui ne dit pas son nom, comptes séparés, amis séparés, loisirs séparés, projets de vie indéterminés ou inconscients (mais probablement différents). Quand elle ne pianotait pas comme une forcenée sur son portable, claquant des textos en rafale, elle devait *surfer* d'une promo à l'autre ou passer des heures en diarrhées téléphoniques. Toujours ailleurs. Mercier avait remarqué ses bottines, dont les bouts décolorés avaient fui le cirage depuis leur sortie à l'air libre, qui allaient de pair avec un sac à main avachi, à la fermeture hors d'usage. Étonnamment, sa coupe de cheveux récente, un maquillage (trop) sophistiqué et des ongles impeccables démontraient que cette négligence ne s'appliquait pas à sa personne. Il en avait déduit que les tâches ménagères ne la concernaient qu'à moitié, et encore, la plus petite moitié. Il la voyait bien habiter chez papa et maman pendant qu'elle suivait en pointillé les cours d'une fac aux débouchés incertains. D'un geste automatique, se retournant à peine, Valentin avait extirpé son portefeuille de l'imperméable soigneusement plié sur le dossier de la chaise, derrière lui. Le cuir en était usé mais brillant, carte de crédit, carte vitale, pièce d'identité parfaitement accessibles, les billets rangés par valeur. Sans aucun doute ordonné et soigneux. Demba aurait volontiers parié sur des études à budget serré, l'exiguïté d'une chambre de bonne ou quelque chose d'approchant, des manies de vieux garçon. Maintenant qu'il partageait son quotidien avec Camille, il l'imaginait ronchonner en branchant le fer à repasser, dont la semelle zébrée de traces noires crachouillait de petites traînées blanchâtres : elle avait encore repassé un truc synthétique sur la position « coton » et omis de vider le réservoir. Quand venait son tour d'étendre le linge, elle ne le défroissait pas au préalable, générant des plis que leur fer premier prix aurait du mal à vaincre. Toutes ces petites choses évitables au quotidien énervaient certainement l'ami Valentin, comme la notion toute personnelle que Camille devait avoir du rangement, du ménage et de la cuisine.

Demba avait encore cette image en tête, infondée et passablement sexiste, quand le jeune couple réapparut à la porte de son antre, un mois plus tard. Qu'est-ce qu'ils pouvaient bien lui vouloir encore, ces deux-là ? Valentin, qui paraissait d'humeur moins légère, entra tout de suite dans le vif du sujet.

Ils dînaient tous les deux à la cuisine, comme tous les soirs, quand il s'était mis à pleuvoir. En plein sur la table. Ça venait des spots, Valentin se précipita dans l'entrée, coupa l'alimentation au tableau, sous l'étiquette « éclairage cuisine ». Ils n'y voyaient plus rien dans la pièce, l'eau coulait de plus en plus fort. Ils louaient ce petit deux-pièces depuis quelques mois, et comme dans tous les vieux appartements parisiens, ils avaient eu le temps de faire connaissance avec les facéties de la plomberie d'époque, des vannes d'arrêt qui n'arrêtaient rien, des siphons à l'ancienne, des joints fuyards, une forêt inextricable de conduits et de flexibles sous l'évier, dont un partait curieusement chez le voisin. Aucune canalisation n'était visible au plafond, ça venait de la vieille du dessus. Valentin grimpa l'escalier quatre à quatre et sonna chez la voisine. Pas de réponse. Il insista lourdement, maintenant le bouton enfoncé pendant quelques secondes. L'heure était tardive certes, mais encore acceptable. Aucun signe de vie, pas même un grincement du parquet trahissant l'approche discrète du judas. Il donna du poing contre la porte, de plus en plus violemment. Sans effet. Elle était sourde, ou terrorisée. À cet instant, dans un fracas épouvantable, le faux plafond de la cuisine se décrocha. Dans la lueur de la lampe de poche, des plaques de plâtre détrempées épousaient le mobilier, telles des montres molles[1], des câbles

1. *La Persistance de la mémoire* (ou *Les Montres molles*), célèbre tableau de Salvador Dalí.

électriques retenaient çà et là des spots encore agités de mouvements sporadiques. Un tsunami vertical. Pas moyen de pénétrer dans la pièce, totalement livrée à l'embâcle[1] cartonné. Camille, qui avait pensé un court instant pouvoir sauver son assiette, était passée à deux doigts de la catastrophe. Le temps de descendre à la cave, de trouver la colonne et la vanne d'arrêt, l'eau avait gagné le salon, s'était infiltrée au travers du parquet ; le couple qui logeait à l'étage inférieur était déjà sur le palier. Valentin interrompit le récit de la soirée apocalyptique : le ciel leur était bien tombé sur la tête, ils étaient venus lui signifier leur admiration prophétique. Au passage, ils étaient partants pour une nouvelle démonstration des super-pouvoirs du maître.

Même si Camille avait déjà extrait le portable de son sac pour y faire défiler d'un mouvement saccadé les dernières livraisons de ses *followers*, Paul-Mercier choisit de faire appel à son catalogue de voyances prometteuses, rayon lunettes roses ; Valentin lui faisait pitié. Il en profita pour tester sa nouveauté du moment, une hybridation osée de pyromancie[2] et de divination par le marc de café, remplacé pour l'occasion par une poudre de paillettes à effet *glitter*. La feuille une fois pliée, il jeta une allumette

1. Référence à un embâcle de glace, amoncellement de blocs qui peuvent se former lors de la débâcle d'une rivière, former barrage et provoquer de graves inondations.
2. Pratique divinatoire qui s'appuie sur l'aspect des flammes du feu.

en son centre. Avant que cette version ne prenne un tour catastrophique, il couvrit le tout d'une cloche de verre, qui étouffa la flamme naissante. Paul-Mercier souleva la demi-sphère avec cérémonial, d'un geste ample, comme s'il officiait dans un restaurant chic, avant de se lancer dans l'interprétation proprement dite. L'affaire consistait à inspecter les cendres avec précaution, y rechercher les prétendues figures qui se seraient formées sous l'effet de la chaleur, en trois dimensions, progrès considérable remisant l'encre du Rorschach[1] au stade de curiosité médiévale. Il avait également apporté une touche zoologique à sa pseudo-quête mystique, une plume de paon dont l'ocelle[2] turquoise, par de petites oscillations saccadées, détournait l'attention de l'activité somme toute limitée à de très ordinaires résidus de combustion. À chaque grognement de Paul-Mercier, Valentin se penchait un peu plus vers ce qu'il restait de la feuille A4. Relevant la tête et prenant une longue inspiration, Valentin suspendu à ses lèvres, le maître en sciences occultes se saisit de son registre de sortilèges et divinations, l'ouvrit au hasard, parcourut la page de gauche du bout de son doigt et s'arrêta sur la ligne soixante et onze, dans l'esprit des prédictions qu'il recherchait : il voyait « du nouveau au quotidien, une nouvelle approche du sexe ». S'il avait pu,

1. En référence au test d'évaluation psychologique du même nom.
2. Tache arrondie qui sert de leurre ou de moyen d'intimidation sur la peau, les ailes, les plumes d'animaux, et notamment du paon.

il aurait gratifié Valentin d'un clin d'œil appuyé. Se sentant concernée, Camille dressa l'oreille : elle allait devoir s'investir un peu plus sous les draps, pimenter son argumentaire habituel. Peut-être devrait-elle oser la dentelle, envisager des pratiques expertes, braver l'interdit. À moins que Valentin, encouragé par l'invite, ne se transforme en fornicateur compulsif ; toutes les options étaient sur la table.

Les mois qui suivirent effacèrent l'image du couple. Paul-Mercier distribuait ses visions enflammées et tentait quelques mises en scène accessoirisées aux prophéties de Nostradamus[1], quand il s'attaquait aux mystiques, aux tarots divinatoires[2], quand il les sentait plus joueurs. Aux puces de Saint-Ouen, il avait fait l'acquisition d'une roue zodiacale en mosaïque polychrome, l'œuvre d'un artiste méconnu et qui le resterait sans doute, une pièce unique dont il comptait bien tirer parti dans son théâtre d'ombres. L'irruption soudaine d'une jeune femme mit fin à la contemplation de son nouveau jouet. Nullement intimidée, le regardant droit dans les yeux, elle lui tendit la main comme à un vieil ami. Ce contact franc et direct le changeait des approches empruntées de ses clients habituels qui, avant même de le saluer, croyaient bon de justifier leur présence par le biais d'une explication en général improbable, quand elle n'était pas complètement conne.

1. Référence à la bibliomancie.
2. Référence à la cartomancie par les cartes du tarot de Marseille.

– Qu'est-ce que je peux faire pour vous ? demanda Paul-Mercier.

– Vous ne me reconnaissez pas, dit la jeune femme ?

– Euh… non, je ne vois pas (ce qui pour un voyant n'était pas forcément de bon augure). Vous savez, je peux difficilement me souvenir de tout le monde !

– Vous m'aviez annoncé « du nouveau au quotidien, une nouvelle approche du sexe »…

– … ?

– Vous aviez vu juste, j'ai changé de sexe !

– Valentin ?

– Valentine, maintenant !

Digérant l'énormité de la révélation, Paul-Mercier enchaîna :

– Euh… c'est gentil de passer me voir… et… qu'est-ce que vous devenez, depuis tout ce temps ?

– Je travaille à la mairie, à la DVD[1], pour être précise.

Changeant de sujet, Paul-Mercier poursuivit :

– Un tarot, ça vous tente ?

– Un autre jour peut-être, mais aujourd'hui, exceptionnellement, c'est moi qui lis l'avenir.

– Comment ça ?

– Présentement (clin d'œil appuyé au vocabulaire habituel de Demba), je vois un voyage, un changement d'orientation…

1. Direction de la voirie et des déplacements à Paris.

Amusé, Paul-Mercier demanda :

– Et vous voyez ça pour quand ?

– Pour tout de suite, répondit Valentine, qui frappa deux coups sonores contre la paroi de la caravane.

Soubresaut de la roulotte, qui se mit en mouvement. Tirant le rideau, Paul-Mercier vit le personnel de la voirie s'activer. Ils avaient attelé sa caravane, un employé suivait, sa pancarte sous le bras, un autre avait embarqué son marchepied. Regardant la fille qui lui faisait face, toujours assise, un grand sourire aux lèvres, il demanda, tout d'un coup beaucoup moins mage :

– Qu'est-ce que c'est que cette connerie ?

– Sincèrement, vous ne trouvez pas que j'ai un don, moi aussi ?

Valentine mit fin à l'itinérance inquiète de maître Paul-Mercier. Après un demi-tour impeccable, la roulotte s'immobilisa. Ouvrant la porte, la jeune femme invita son voyant favori à venir la rejoindre sur le trottoir. Tout avait repris sa place, pancarte, marche pied ; il avait quitté le débouché du cimetière (les brasseries chics avaient eu sa peau), parcouru cent mètres, effectué un virage à 180° pour se poser de l'autre côté de l'allée centrale. À présent, face à deux commerces de sex-toys, lingerie et gadgets, il allait devoir réviser les fondements de sa voyance. Fini les signes de l'au-delà, terminé les revenants, cette clientèle n'aimait pas se mélanger aux satyres et autres pervers.

Repeinte couleur panthère sur fond de savane, la Caravelair[1] Orégon 30 jouait désormais sur l'amalgame brousse-sorcier-pouvoirs méconnus (donc peut-être efficaces), avec en ligne de mire les cars de touristes qui dégueulaient à flots continus les amateurs de « Gai Paris », cherchant en vain le quartier sulfureux des années folles. Les temps avaient changé, les mœurs avec, les tapineuses s'étaient évaporées avec le siècle, les bars à hôtesse fermaient boutique à leur tour, victimes collatérales d'internet, des bobos et de la municipalité. Restaient les boîtes à strip-tease, les mêmes que dans tous les quartiers chauds de la planète. En moins bien. Un simple passage par la roulotte de Demba aurait pu éclairer l'avenir de ce peuple de dupes, leur avenir proche, celui de leur soirée. Sûr de lui comme jamais, il aurait pu leur prédire une ultime déception au Moulin Rouge, fade survivance emplumée brassant du vide au-dessus d'une place Blanche épuisée d'avoir mauvaise mine. Ces proies potentielles constituaient l'essentiel d'une clientèle facile, de celle qui ne referait pas le trajet dans le seul but de contester la puissance de ses pouvoirs.

Chaque jour, sur le coup de 10 heures, il poussait les portes du café d'en face, le « rouge bis », où il avait ses habitudes. Il enfilait par-dessus son jean un boubou XXL, taillé pour la circonstance rue Picard, à

1. Marque de caravane française créée en 1962 par Sud Aviation (qui fabriquait la caravelle, d'où le nom).

deux pas du marché Saint-Pierre. Sa grande carcasse faisait partie du décor, un mètre quatre-vingt-dix et quatre-vingt-dix kilos de lutte sénégalaise forçaient le respect, au-delà de toute considération liée aux pouvoirs dont sa pancarte faisait état. Une fois installé dans sa roulotte, il enroulait sur ses épaules une peau de léopard, véritablement fausse mais réellement mitée, plaçait quelques amulettes, fétiches et colifichets aux endroits stratégiques, agitait un vieux chasse-mouches, le tout sur un fond musical très « jungle ». L'odeur de poulet mafé qui imprégnait les parois de la caravane achevait de transporter le client à des lieues du boulevard de Clichy. Après vingt minutes de dépaysement, sans même parler de l'aspect divinatoire de la prestation, les touristes sortaient conquis, vingt minutes, vingt balles, tarif coiffeur (pour hommes). À la sortie, certains marquaient l'arrêt sur le petit marchepied, le temps de changer de continent.

Ses nouveaux pouvoirs s'affichaient sans ambiguïté : « Expert en travaux maraboutiques, envoûtements, amourologie, retour de l'être aimé, astrologie sexuelle (histoire de recycler sa roue zodiacale). » Le traditionnel astérisque renvoyait à une « voyance claire et précise du passé, du présent et de l'avenir ». La totale. Mais surtout il avait licencié « Paul-Mercier » sans préavis, sa nouvelle clientèle préférait nettement « Demba Ndiaye », surtout les grosses blondes, qui va savoir pourquoi, fantasmaient sur sa virilité supposée. Il se demanda s'il n'y avait pas là matière à complément de prestations, après tout, s'occuper du présent pouvait se révéler beaucoup plus lucratif que de s'épuiser à jouer les oracles, en plus d'être immédiatement vérifiable.

Perdu dans ses pensées érotisées à la véritable *gretchen* du Tyrol, son regard se figea soudain sur la porte de l'immeuble qui séparait les deux boutiques de sex-toys : au-dessus de l'entrée, en chiffres blancs sur fond bleu, la petite plaque émaillée affichait le numéro soixante et onze. Soixante et onze, comme la ligne soixante et onze de son livre de recettes magiques, « du nouveau au quotidien, une nouvelle approche du sexe ». Ça ne pouvait pas être une coïncidence : ce présage s'adressait à lui *aussi*, et pas seulement au jeune couple dépareillé. En y regardant de plus près, c'était bien son doigt, son doigt à lui, qui s'était arrêté sur la ligne en question, pas celui de Valentin-Valentine ! En principe ça n'avait aucune importance, tout ce folklore n'engageait que sa clientèle, en principe il n'était pas concerné par des prédictions auxquelles lui-même ne croyait pas. Apparemment il fallait qu'il revoie sa copie, une erreur technique d'apparence anodine, mais potentiellement lourde de conséquences.

La matinée durant, entre deux consultations, Demba tenta de se rappeler sur quelles autres prophéties inquiétantes son doigt avait bien pu s'arrêter, mais il en fut incapable, il y en avait trop, il ne savait plus. Gagné par un sentiment inconnu jusque-là, *le besoin de connaître son avenir*, celui-là même qu'il avait imprudemment convoqué, il jaillit de sa roulotte, toutes affaires cessantes, et descendit les marches du métro quatre à quatre, direction Denfert-Rochereau, en espérant que sa consœur, Mme Ranah[1], travaillait encore et pourrait le recevoir de toute urgence…

1. Voyante, médium, dont la roulotte stationne place Denfert-Rochereau.

Dépôt légal : quatrième trimestre 2020
Numéro d'édition : 82372
Imprimé en France
Préparation du texte et relecture : Denise Barriolade et Catherine Dalnoky
Couverture : Michel Baulot
Photo de couverture : Bernard Cazaban-Mazerolles
Mise en pages : Léa Lavarde